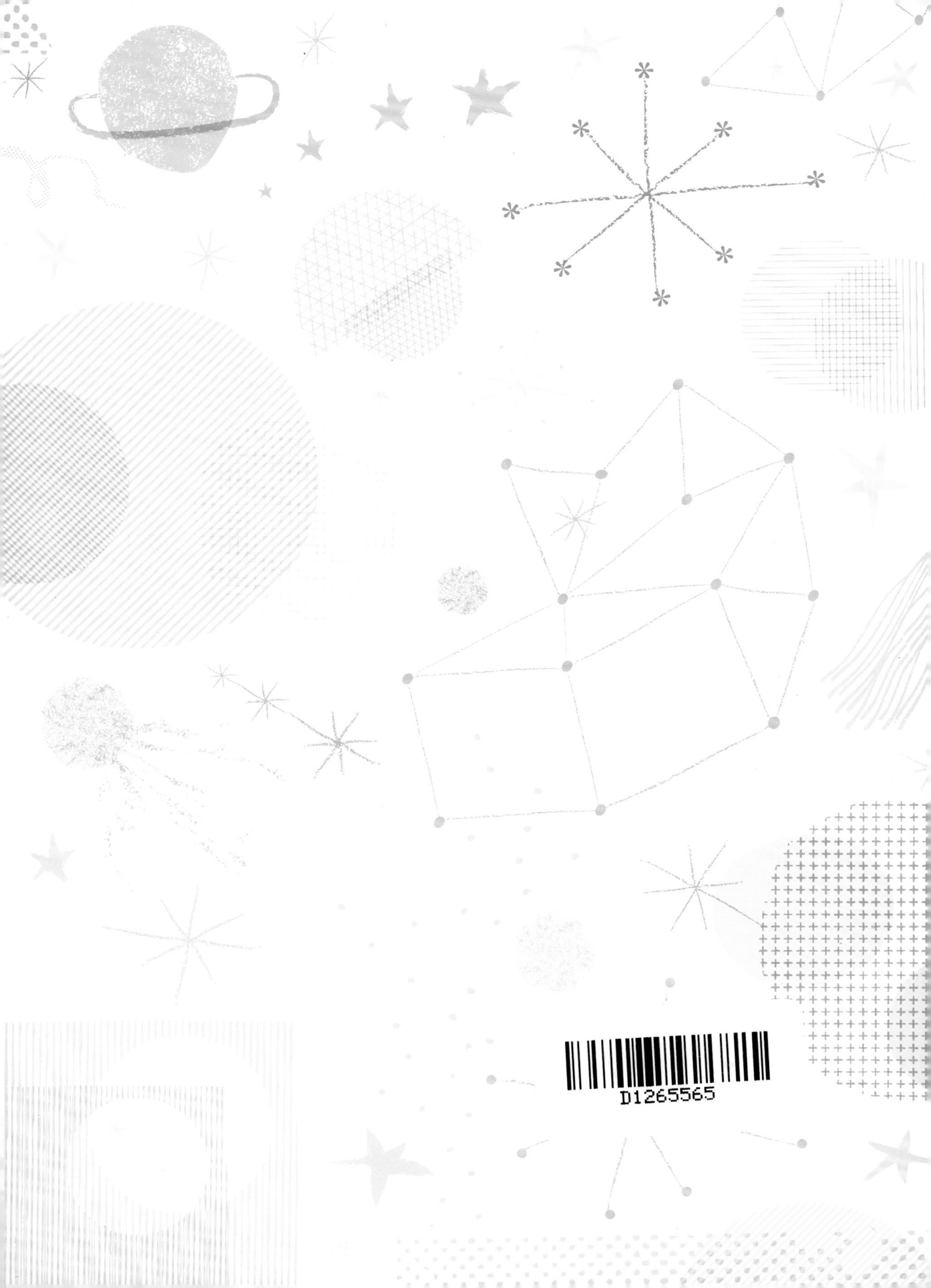

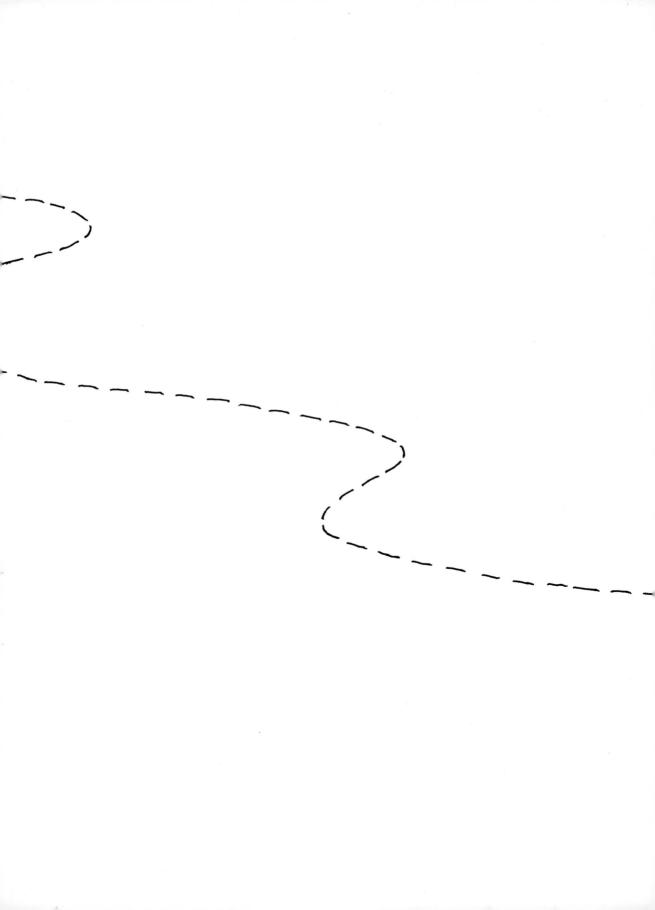

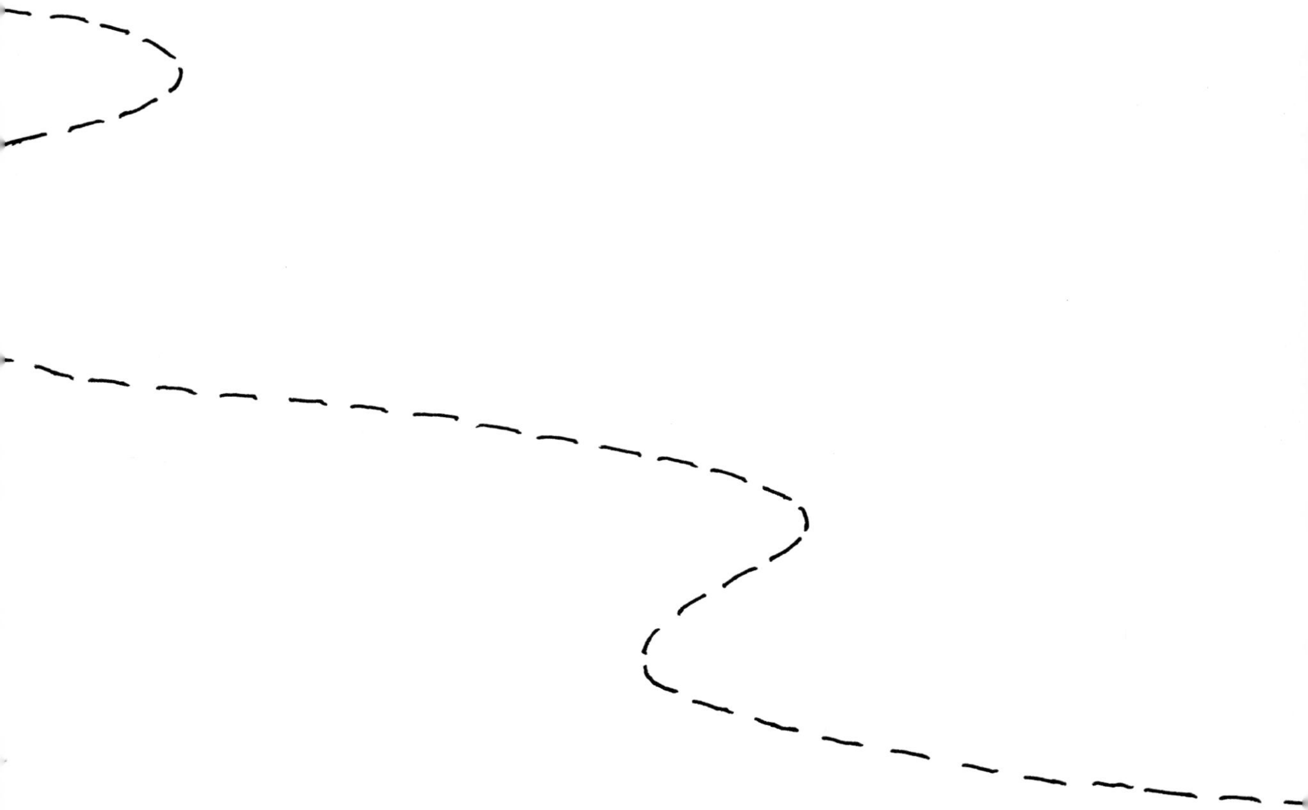

MARINA ESTÁ EN LA LUNA

RUBÉN VARILLAS

GASPAR NARANJO

thule

Marina está en la luna

Primera edición: octubre de 2012

© 2012 Rubén Varillas (guión)
© 2012 Gaspar Naranjo (ilustraciones)
© 2012 Thule Ediciones, SL
Alcalá de Guadaíra 26, bajos
08020 Barcelona

Directora de colección: Olalla Hernández Ranz
Diseño de colección: Dani Sanchis
Directora de arte: Jennifer Carná

EAN: 978-84-15357-18-6
D. L.: B-24015-2012

Impreso en Lito Stamp, Barcelona

www.thuleediciones.com
www.islaflotante.tumblr.com

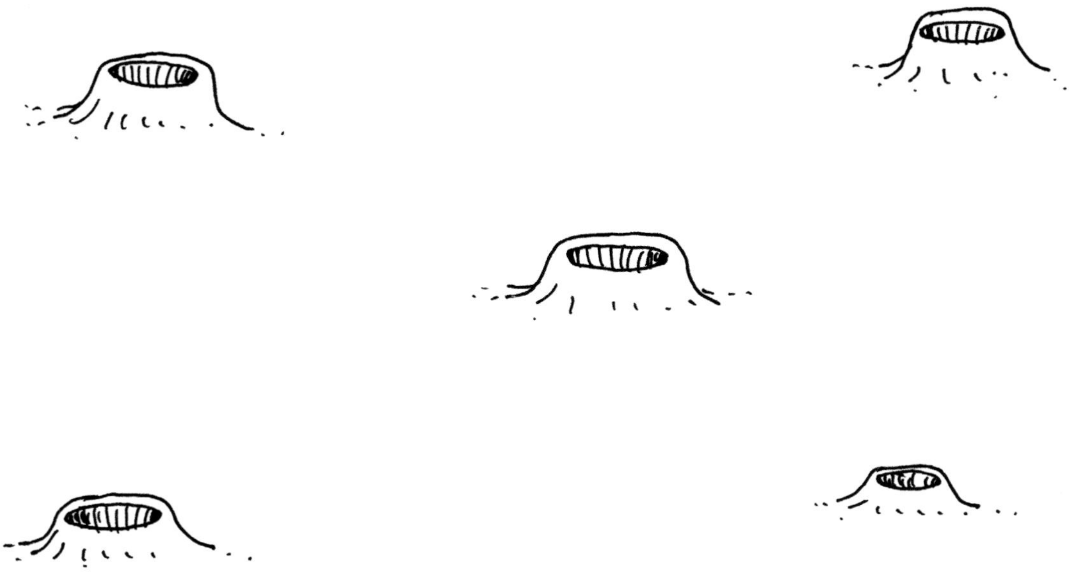

PARA JORGE Y ANA

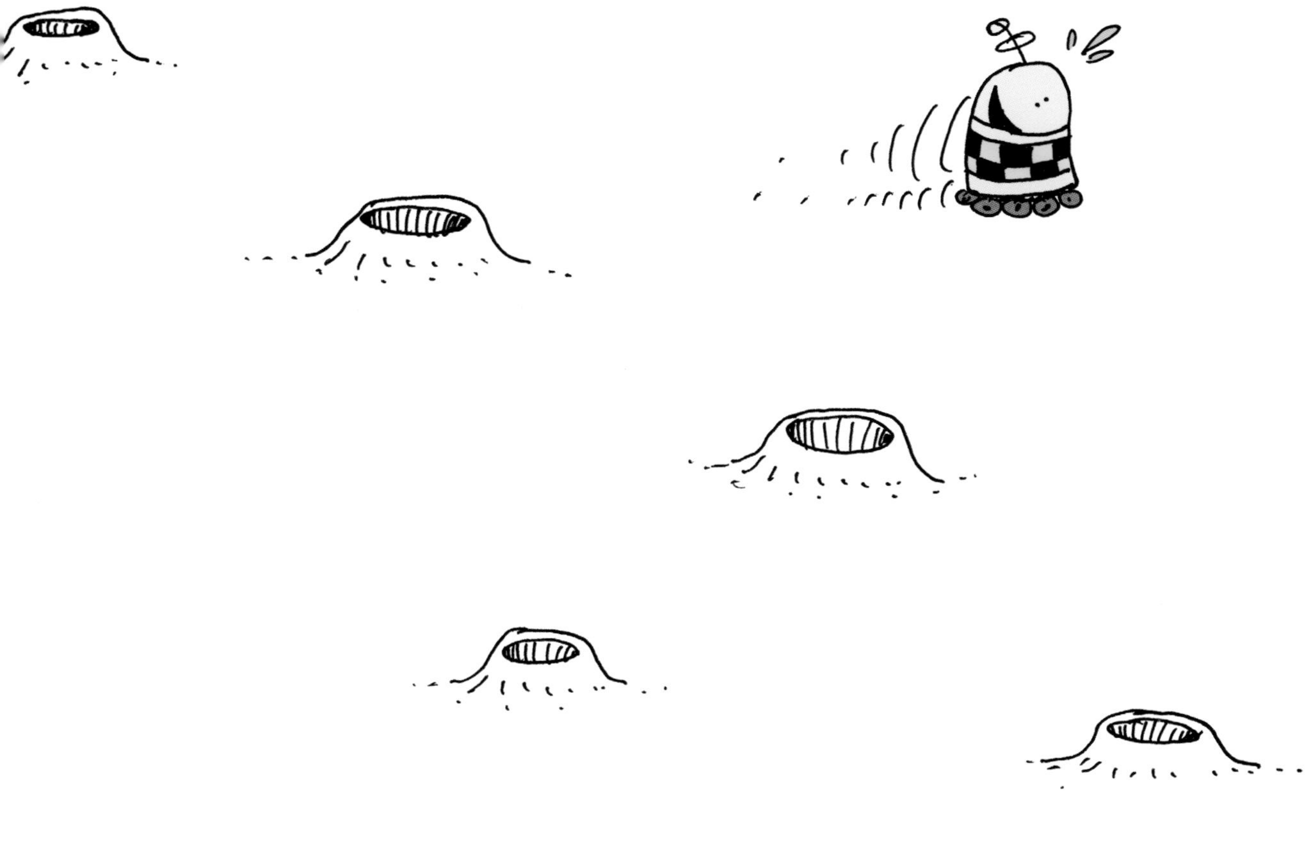

MARINA ESTÁ EN LA LUNA,

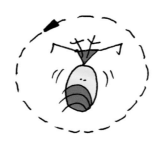

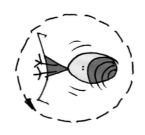

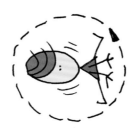

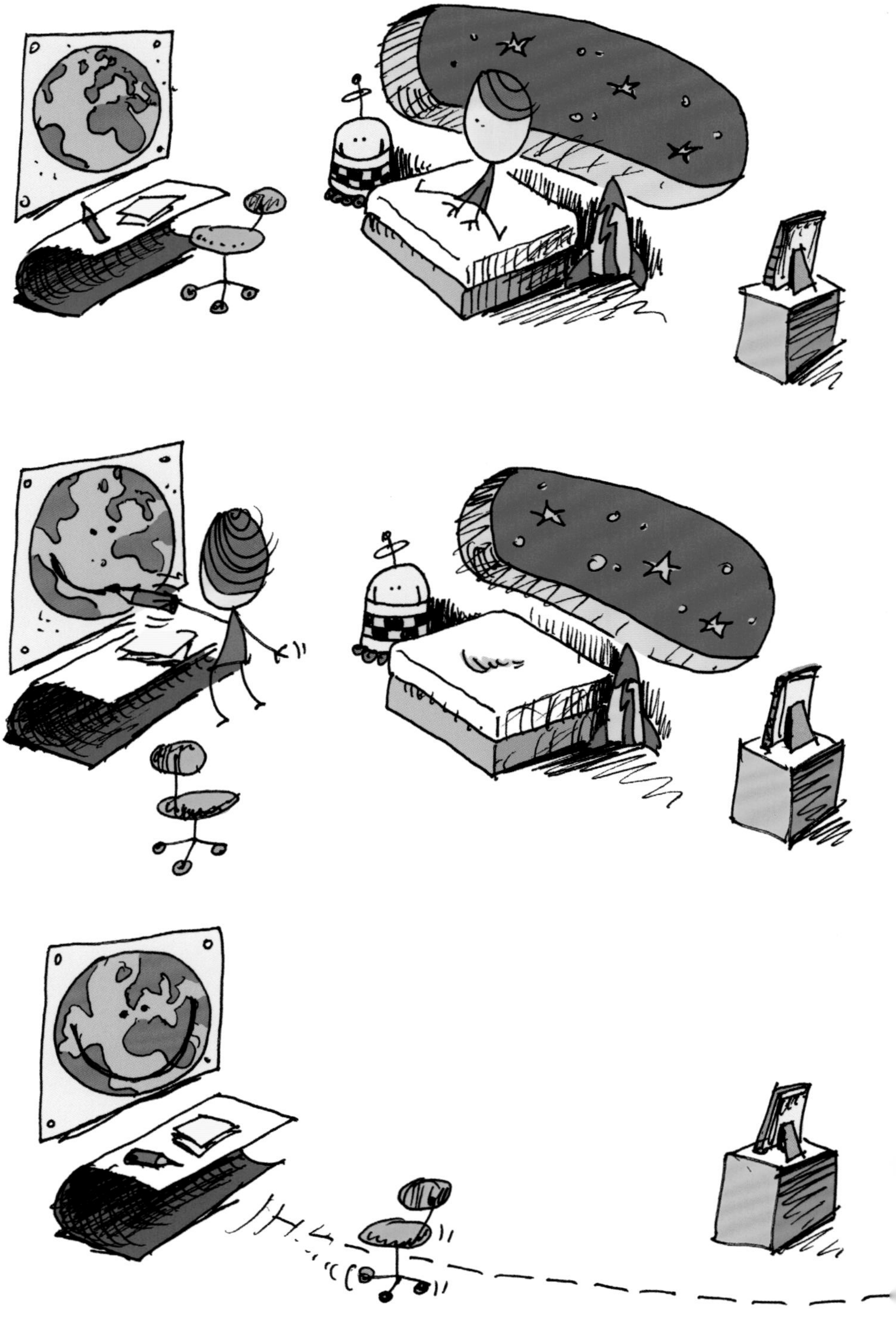

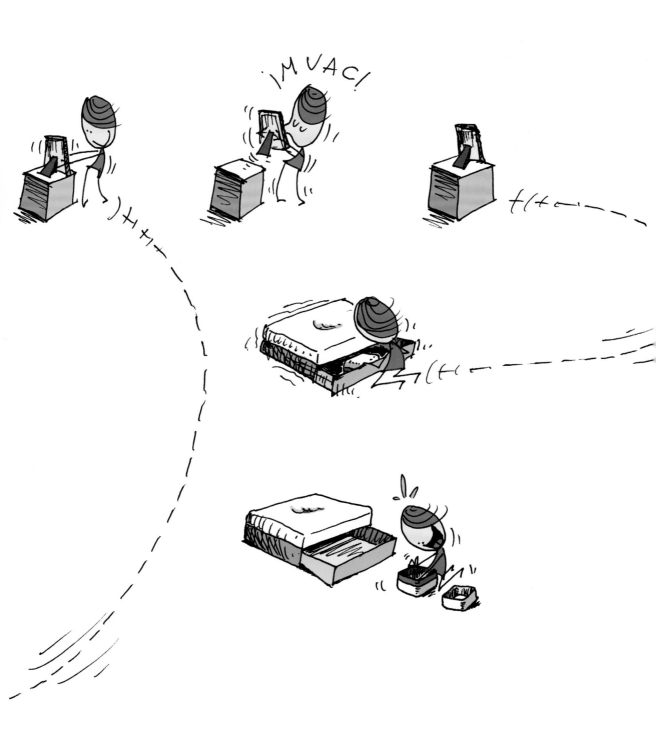

PERO ECHA DE MENOS LA TIERRA.

ECHA DE MENOS SUS PASEOS
POR EL BOSQUE Y A LOS AMIGOS
QUE DEJÓ ALLÍ.

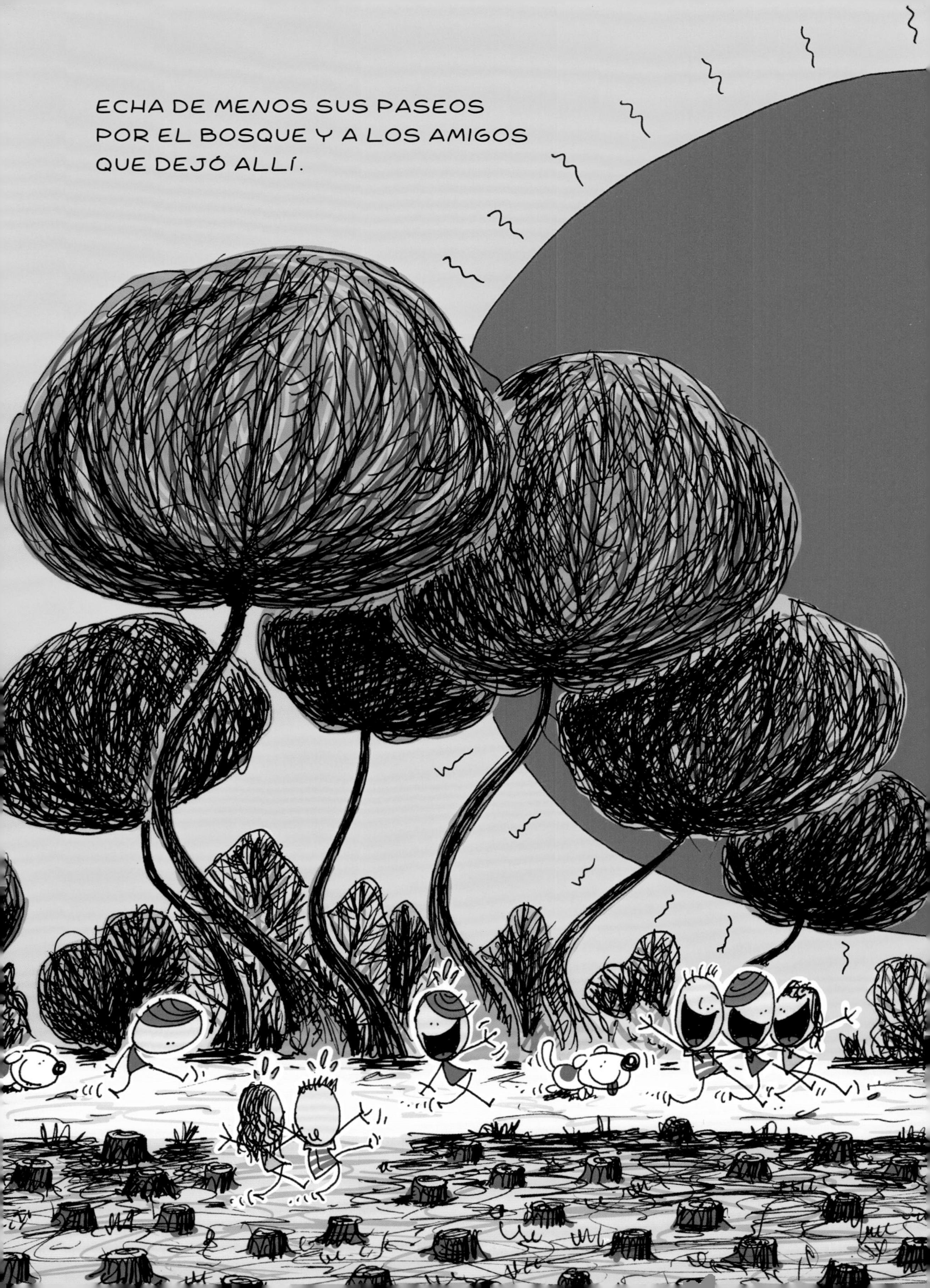

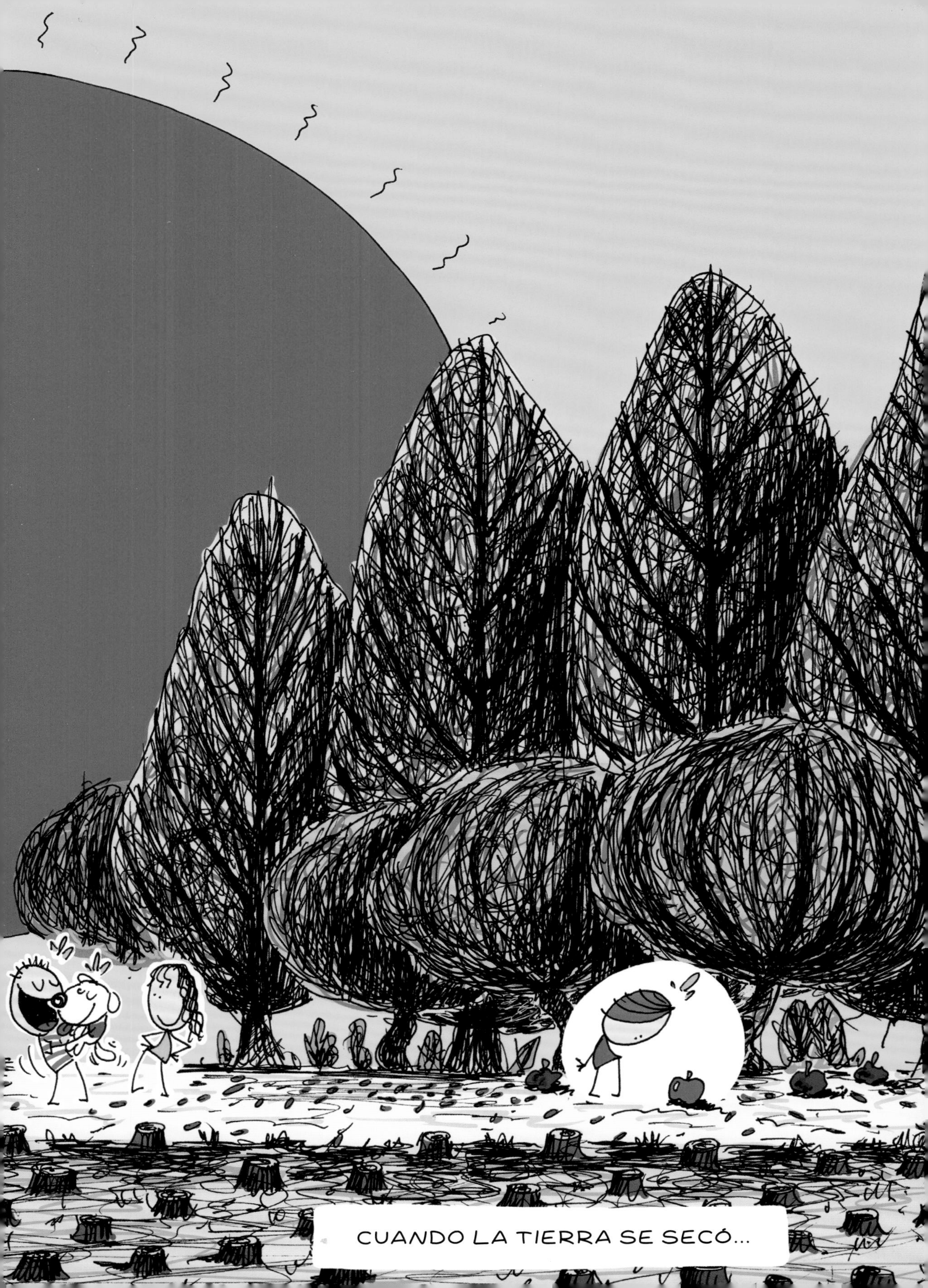
CUANDO LA TIERRA SE SECÓ...

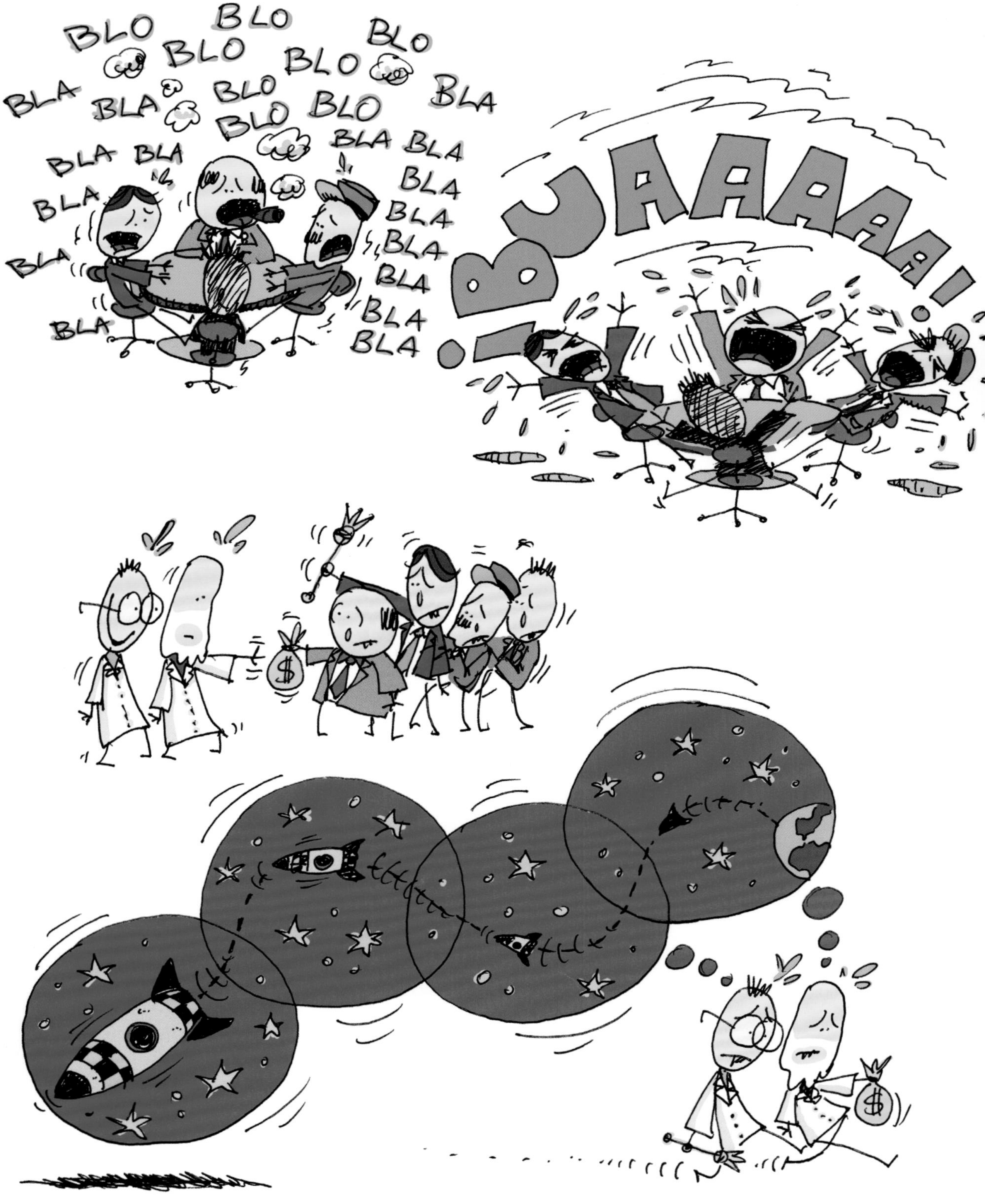
BLO BLO BLO
BLO BLO BLO
BLA BLA BLO BLO BLO BLA
BLA BLA BLA BLA BLA
BLA BLA BLA BLA BLA BLA BLA BLA
¡BJAAAAA!

... LOS CIENTÍFICOS PENSARON Y PENSARON...

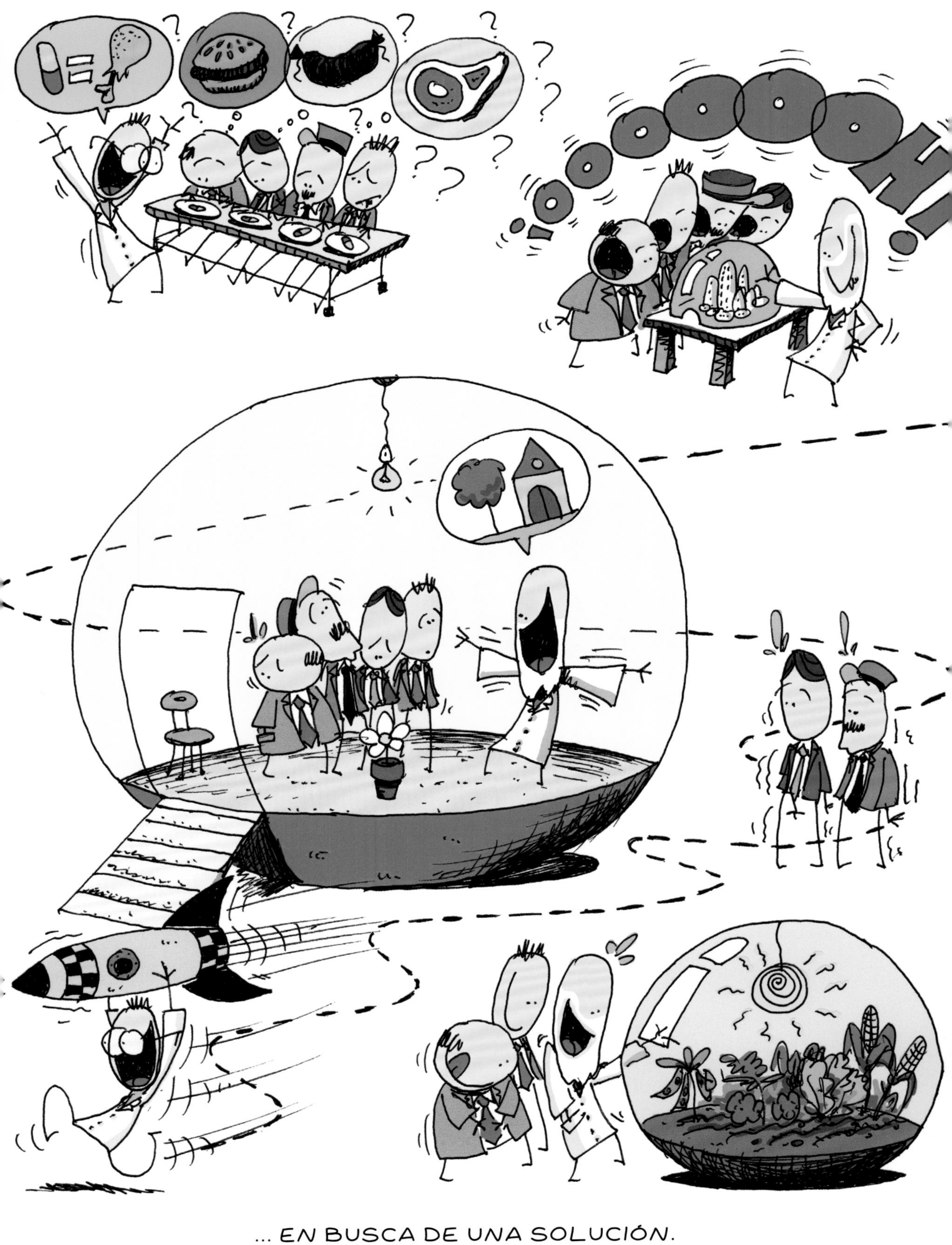
¡OOOOOOH!

… EN BUSCA DE UNA SOLUCIÓN.

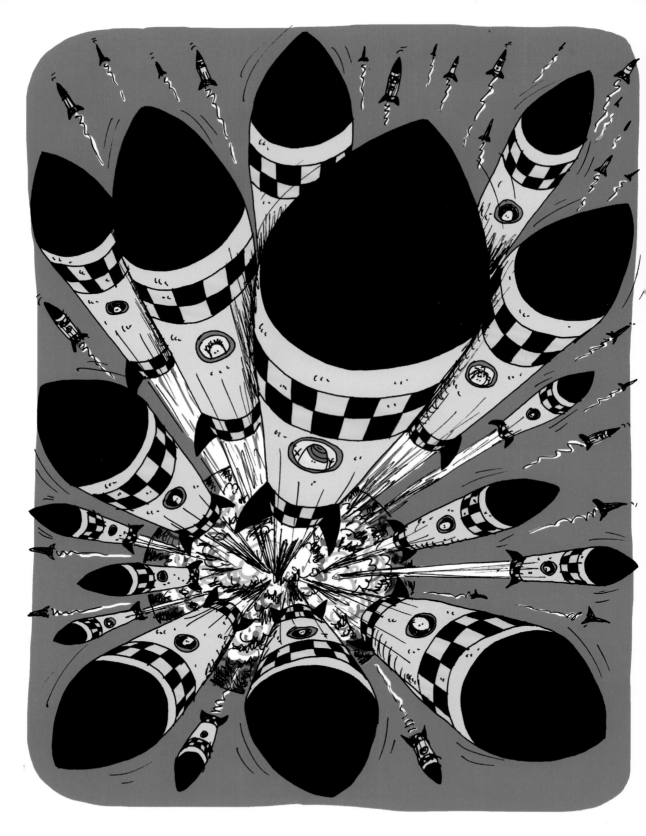

FINALMENTE, DECIDIERON QUE LOS HUMANOS DEBÍAN
EMIGRAR A OTROS LUGARES DE LA GALAXIA.

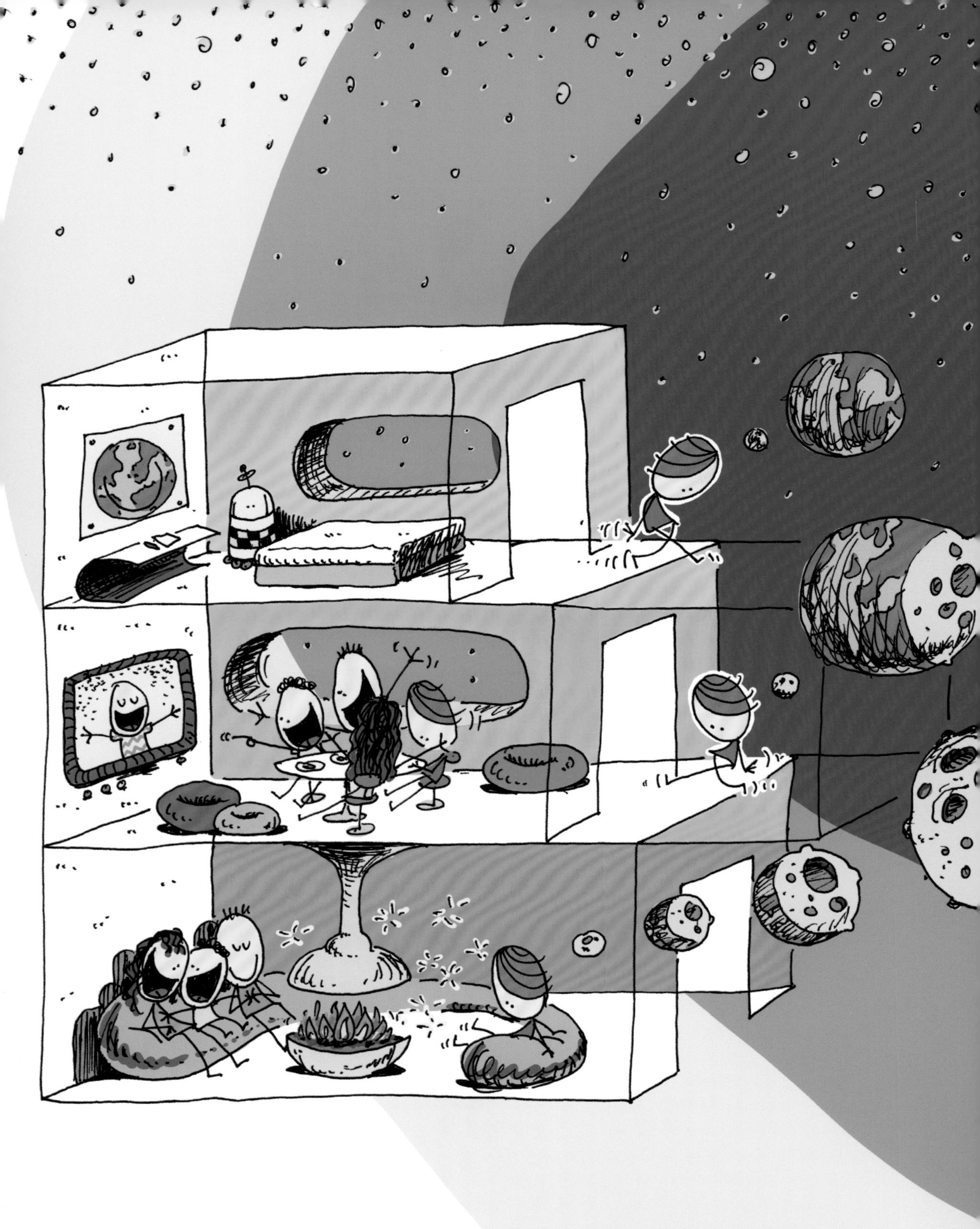

LA VIDA EN LA LUNA
A VECES ES MUY DIVERTIDA.

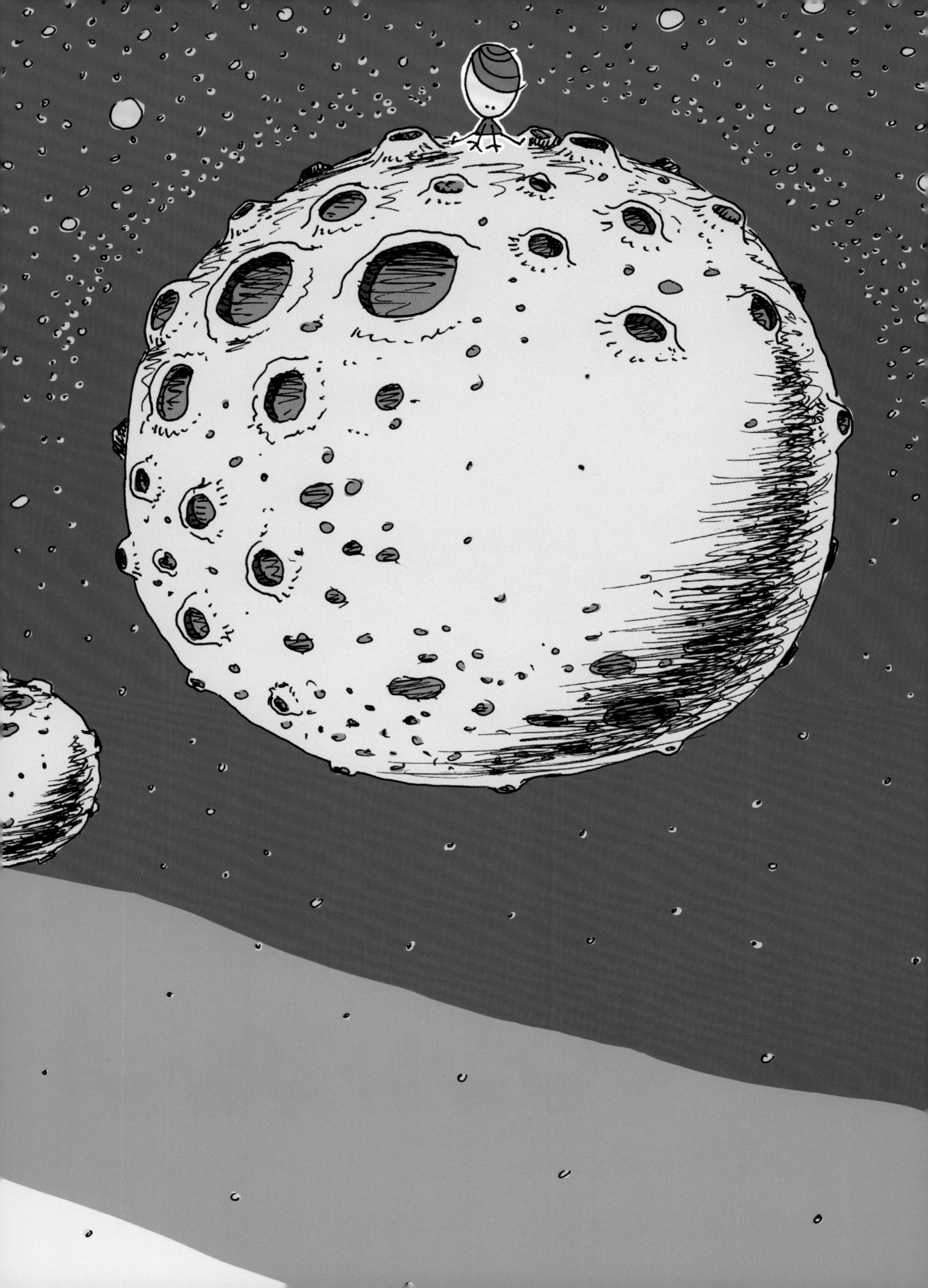

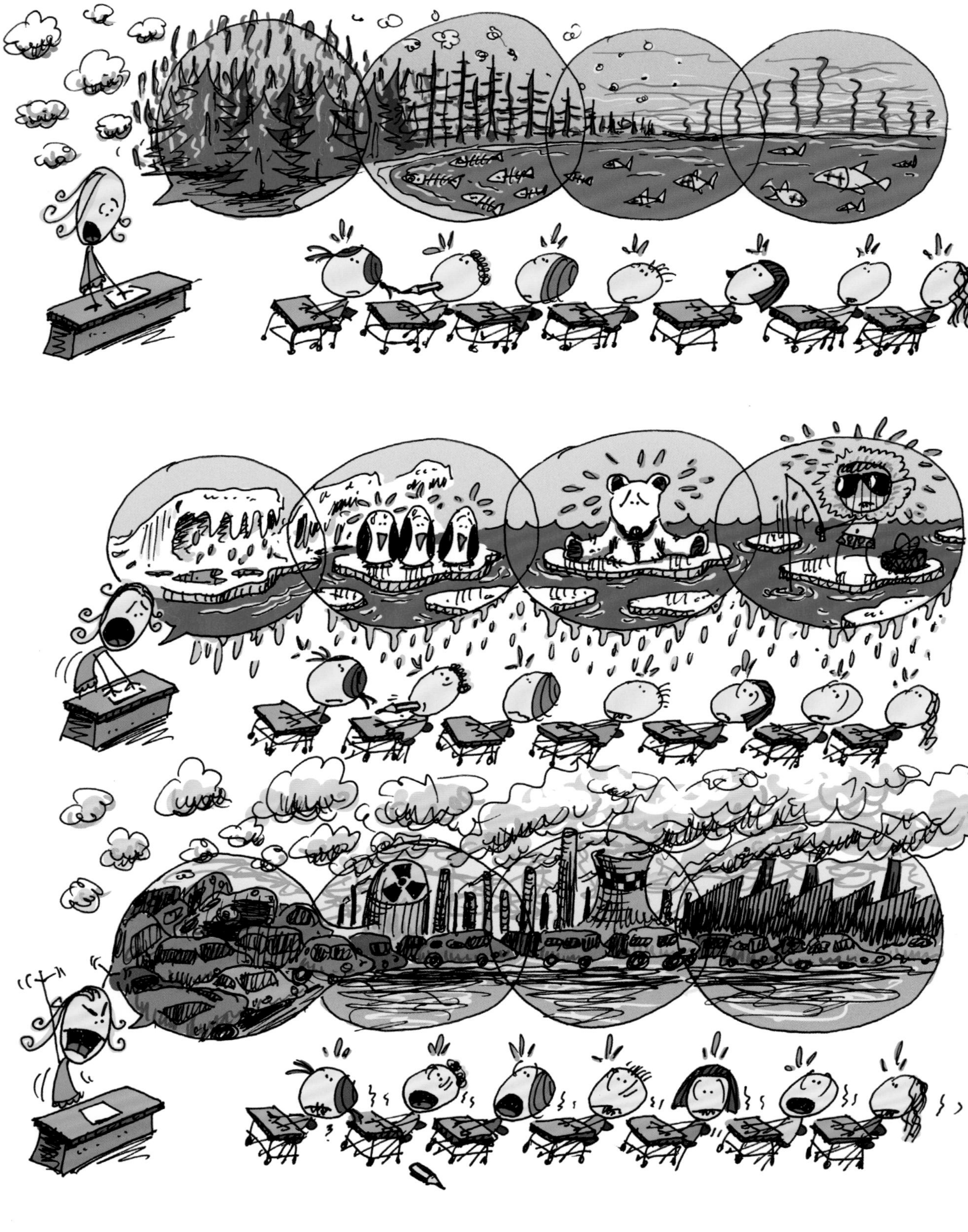

ESTÁ LA ESCUELA, CON LAS HISTORIAS DEL PASADO...

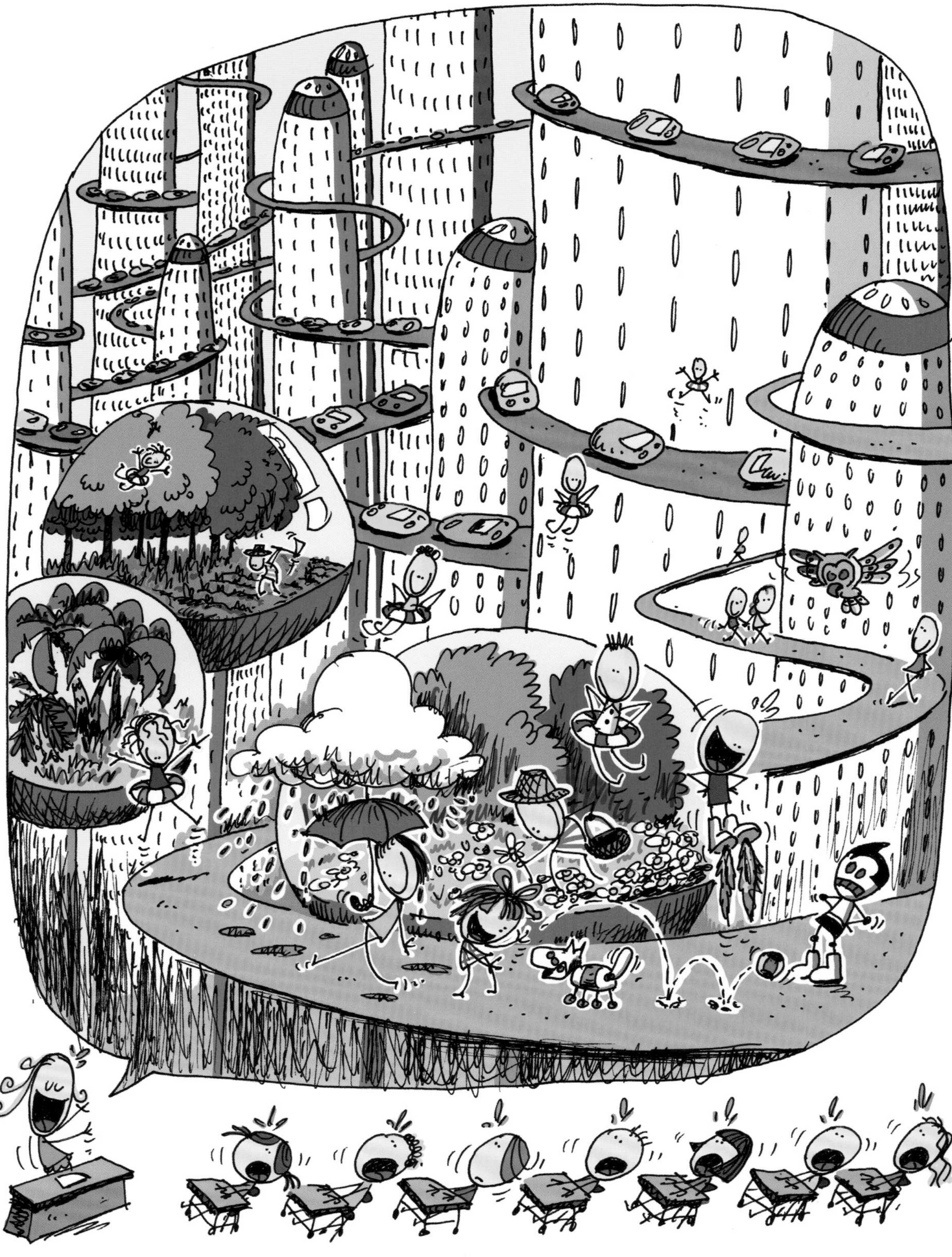

... Y DEL FUTURO.

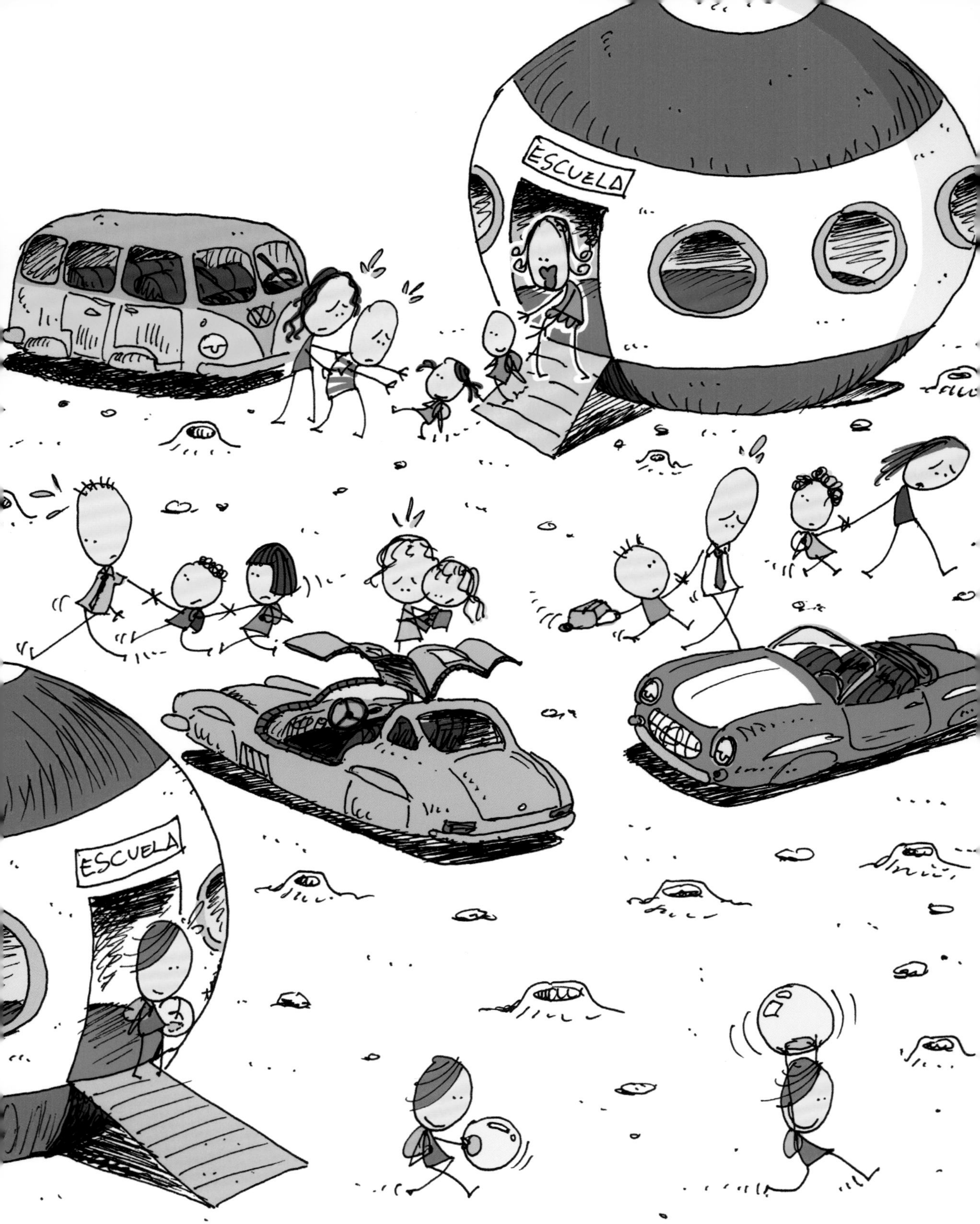
ESCUELA
ESCUELA

ESTÁN LAS COSAS QUE YA CONOCEMOS,

PERO TAMBIÉN LAS QUE QUEDAN POR DESCUBRIR.

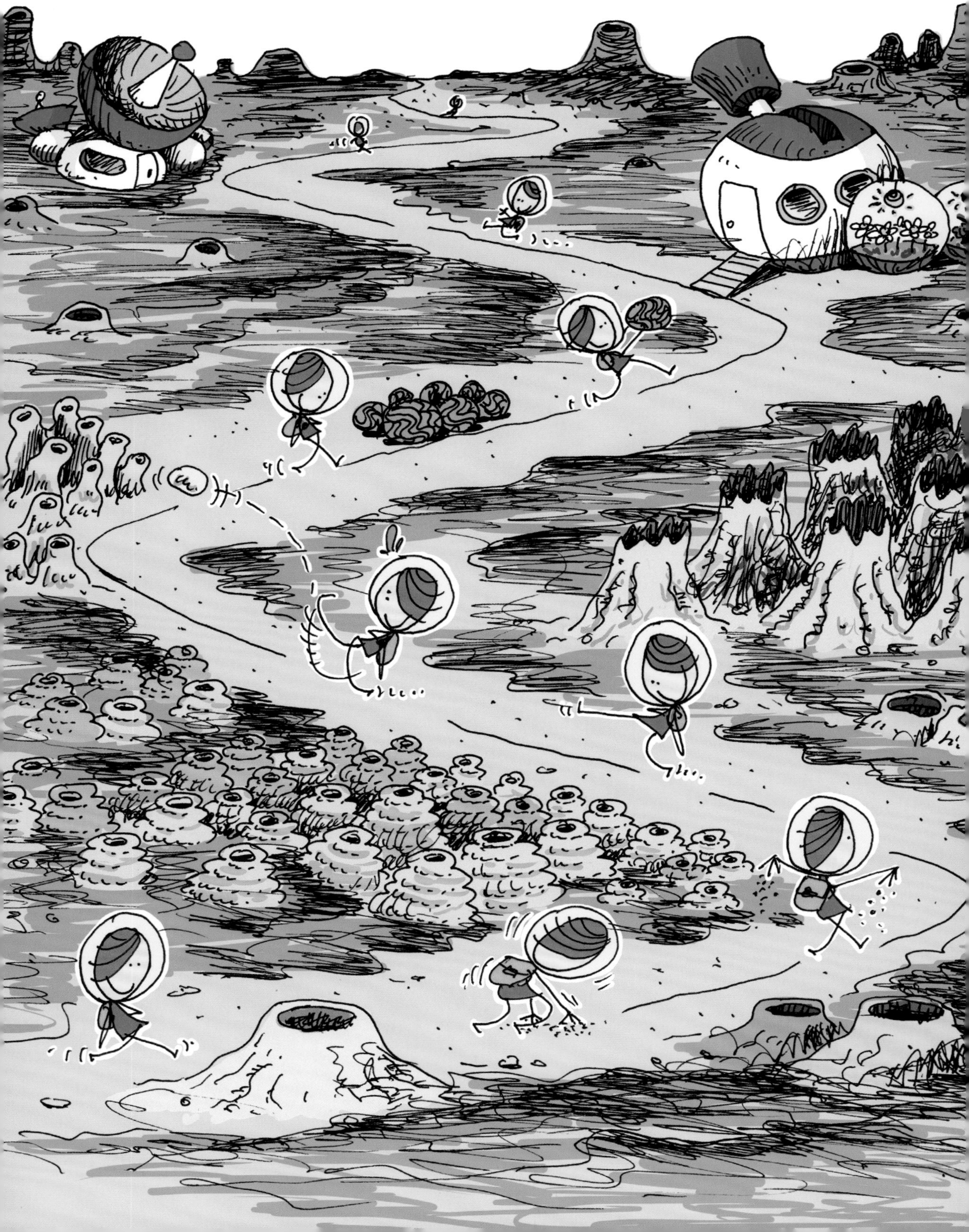

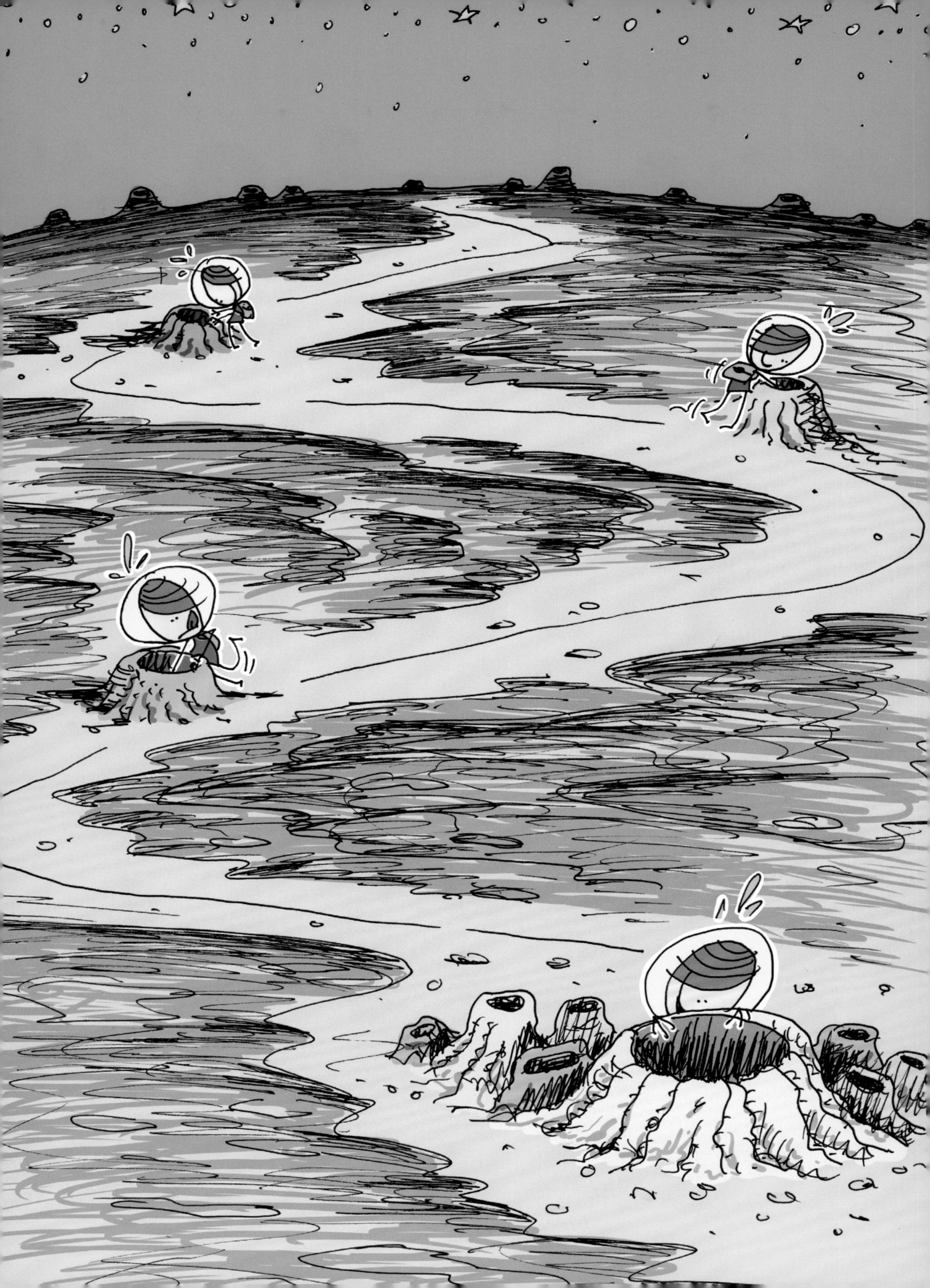

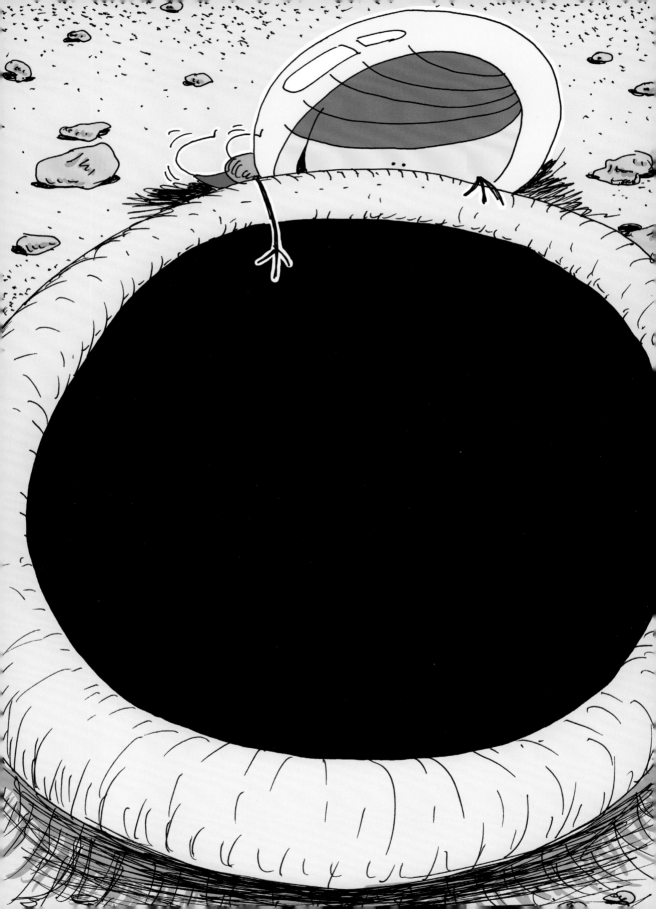

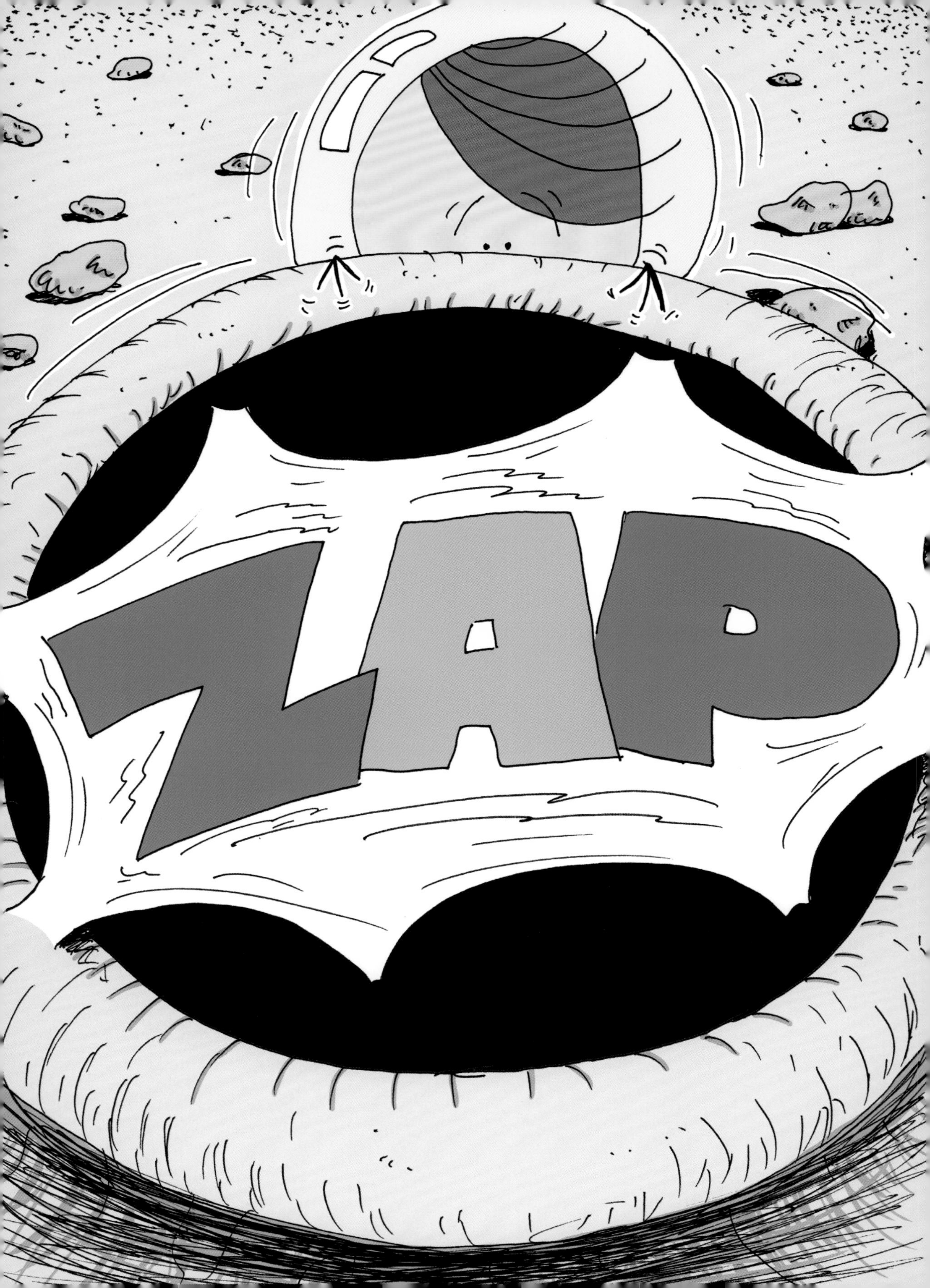
ZAP

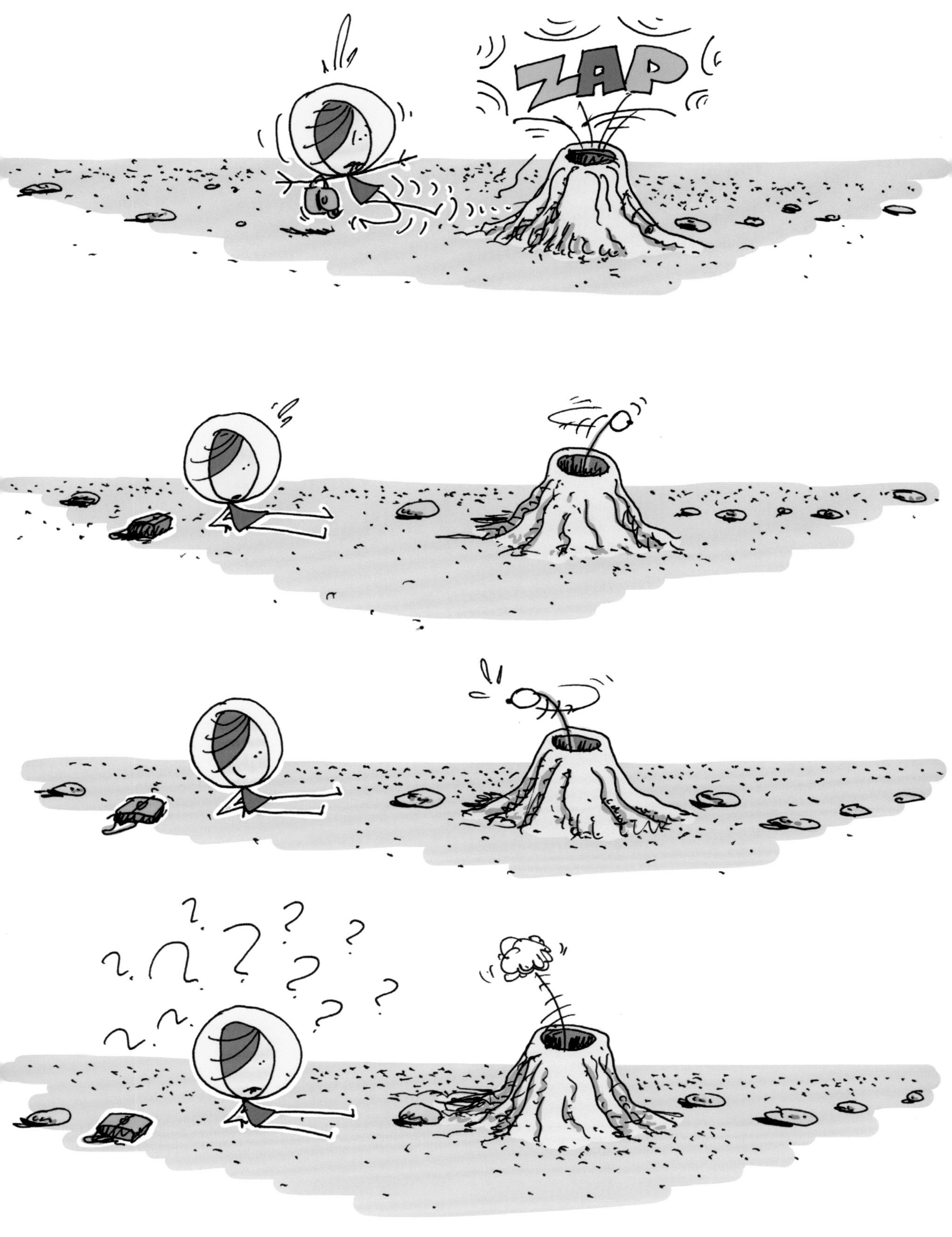
ZAP

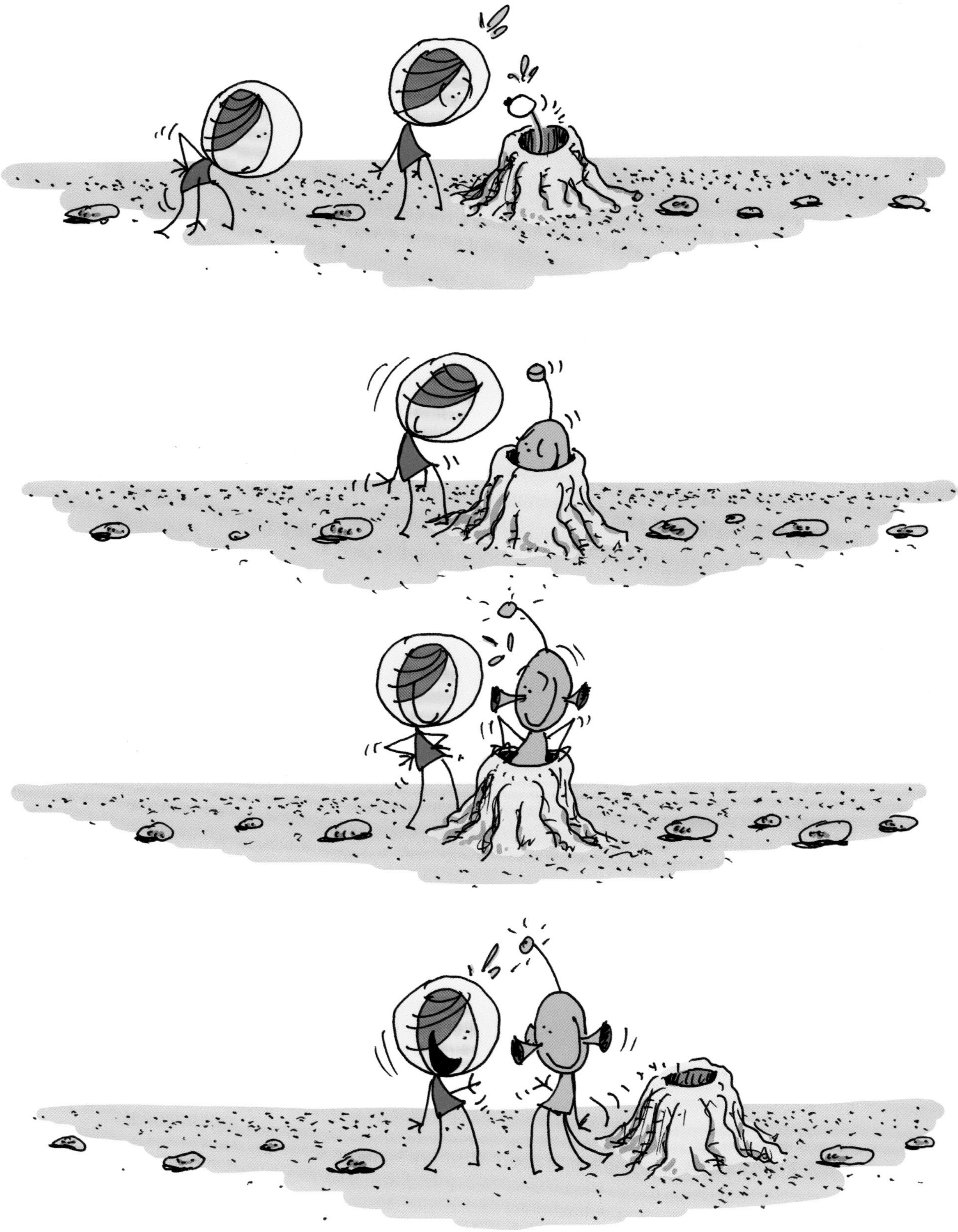

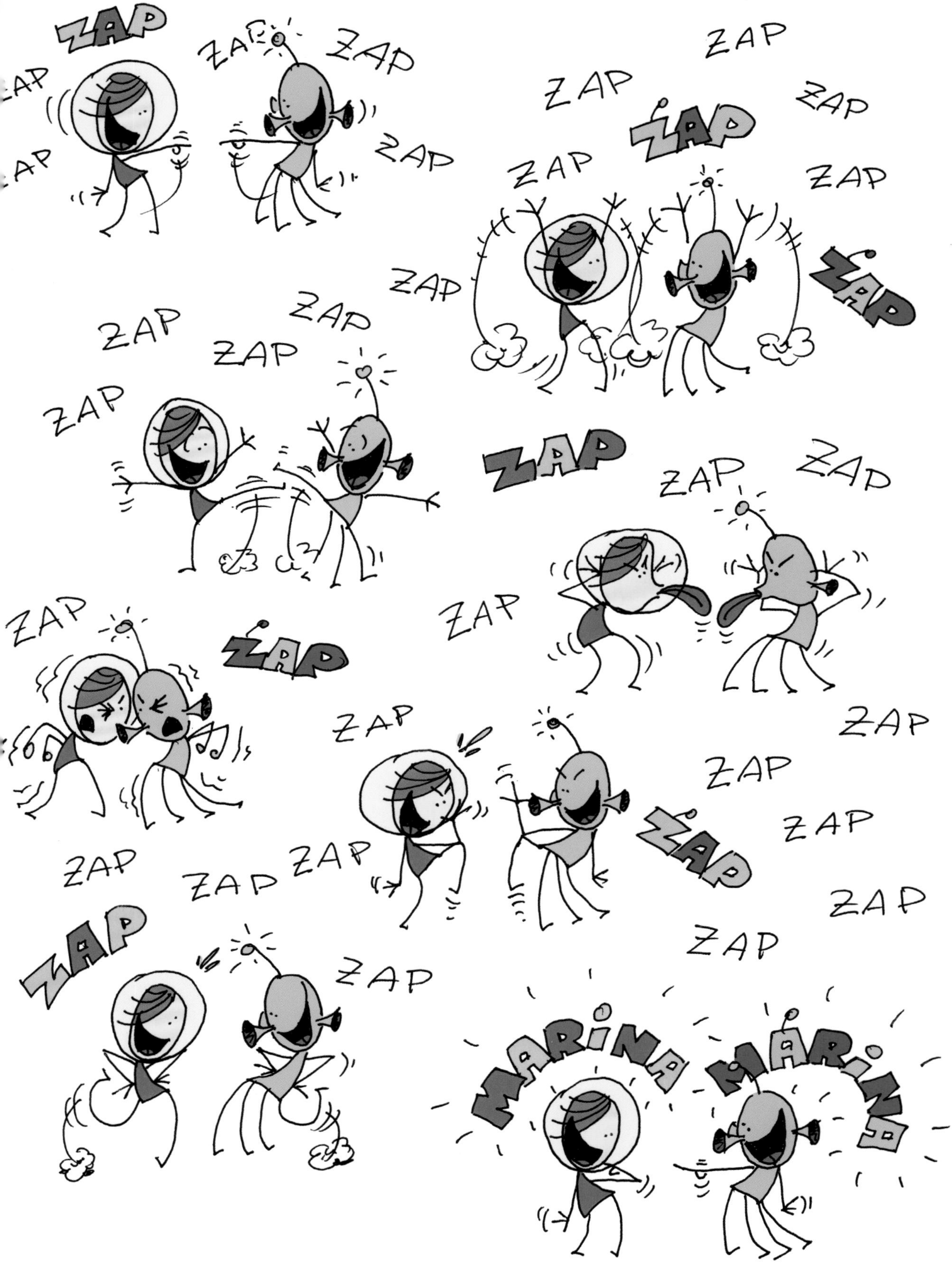
ZAP
ZAP
ZAP
ZAP
ZAP
ZAP
ZAP
ZAP
ZAP
ZAP
ZAP
ZAP
ZAP
ZAP
ZAP
ZAP
ZAP
ZAP
ZAP
ZAP
ZAP
ZAP
ZAP
ZAP
ZAP
ZAP
ZAP
ZAP
ZAP
ZAP
ZAP
MARINA
MARINA

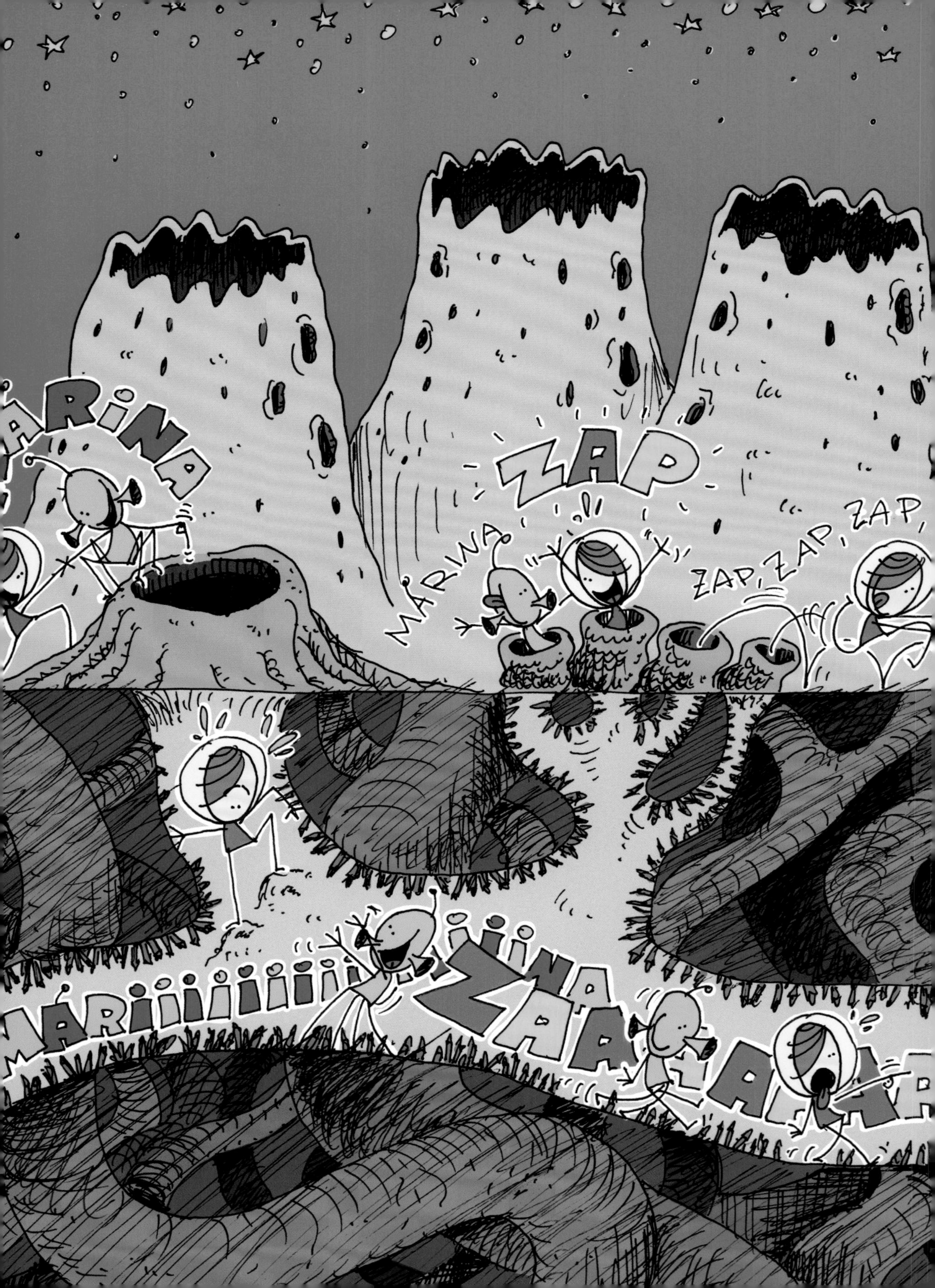
ARINA
ZAP
MARINA
ZAP, ZAP, ZAP,
MARiiiiiiiiiNA
ZAAAA

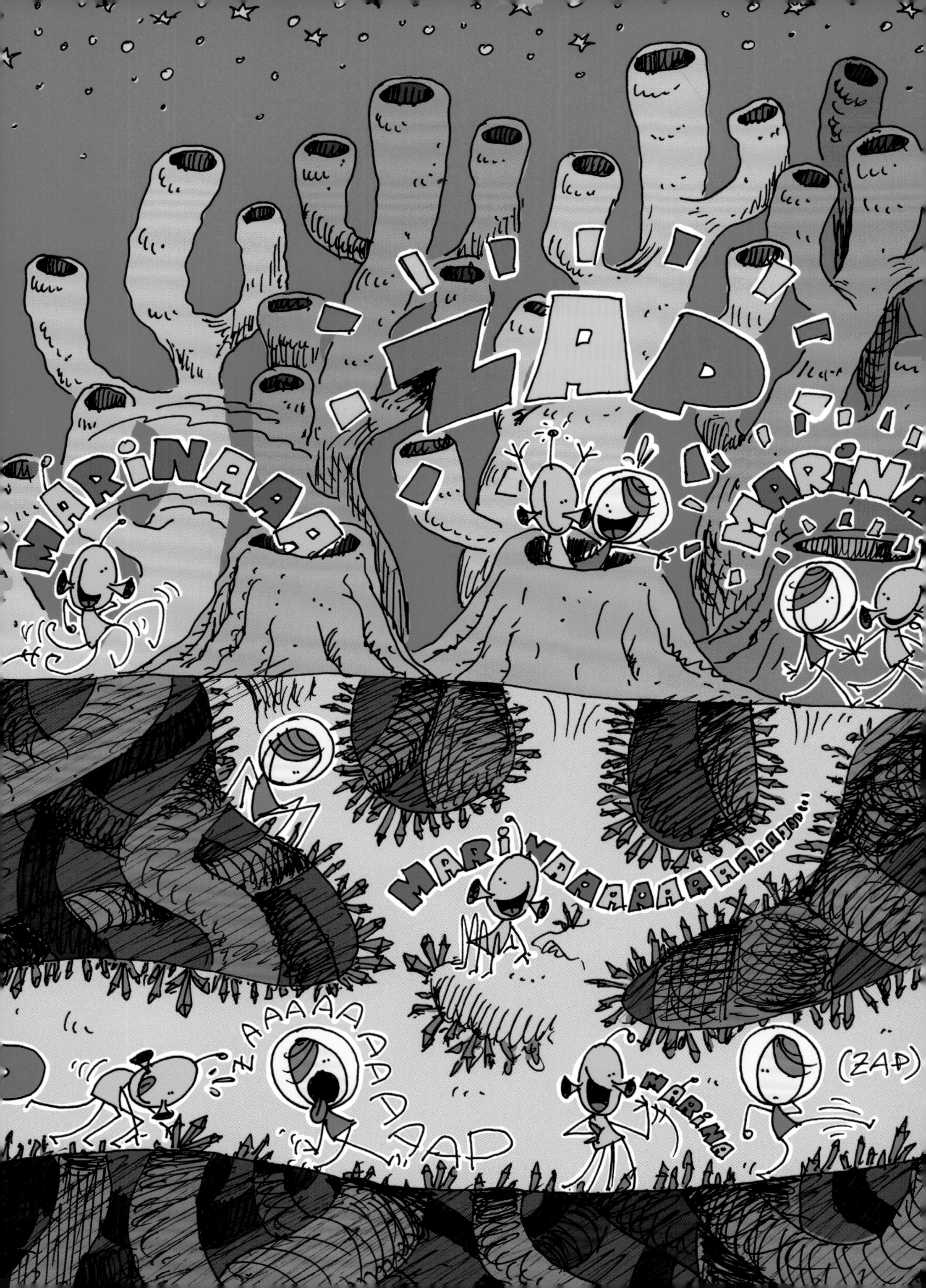
ZAP
MARINAAA
MARINA
MARINAAAAAAAAAAAaaooo...
AAAAAAAAAAAAP
MARINA
(ZAP)

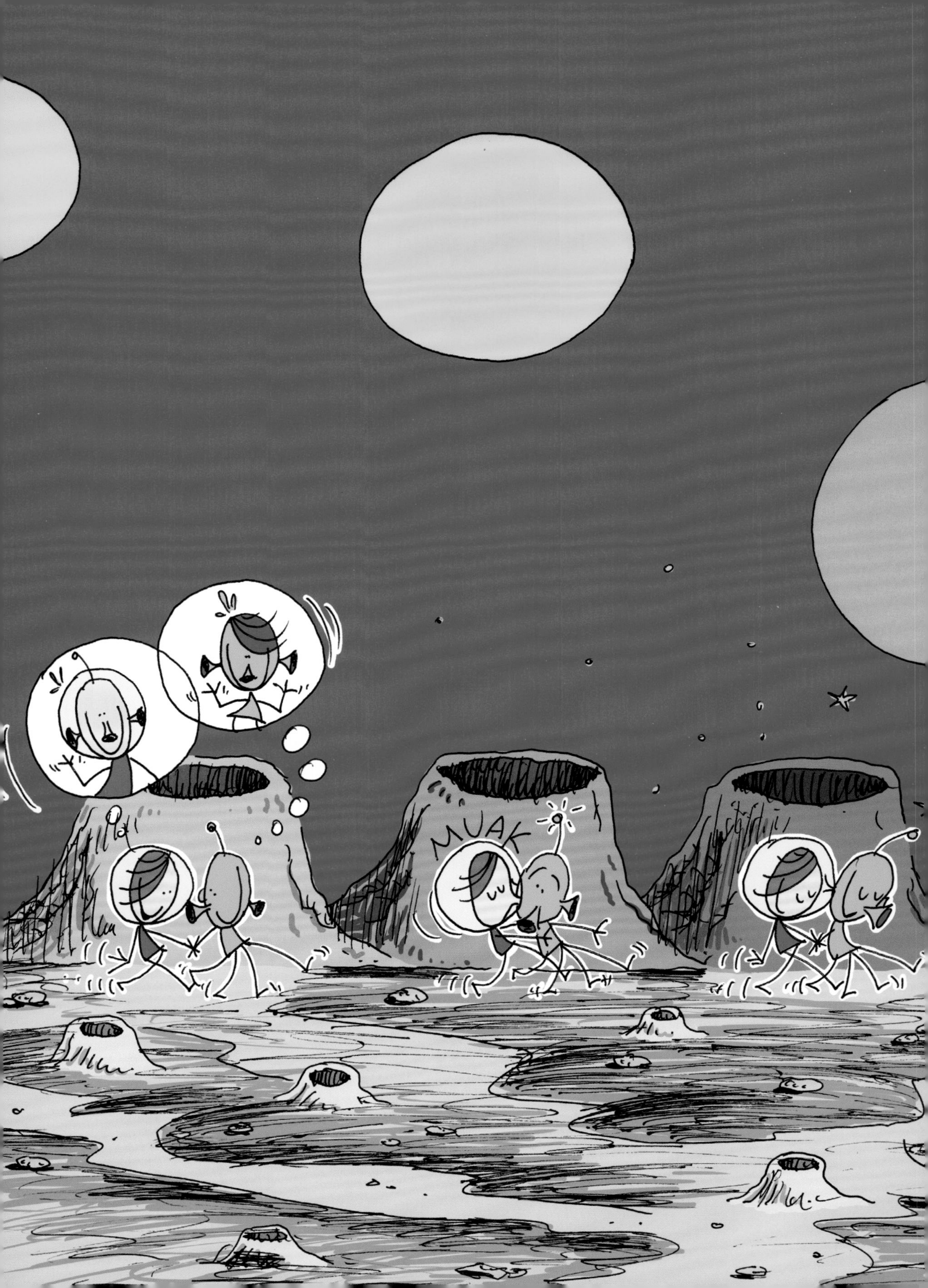
MUAK

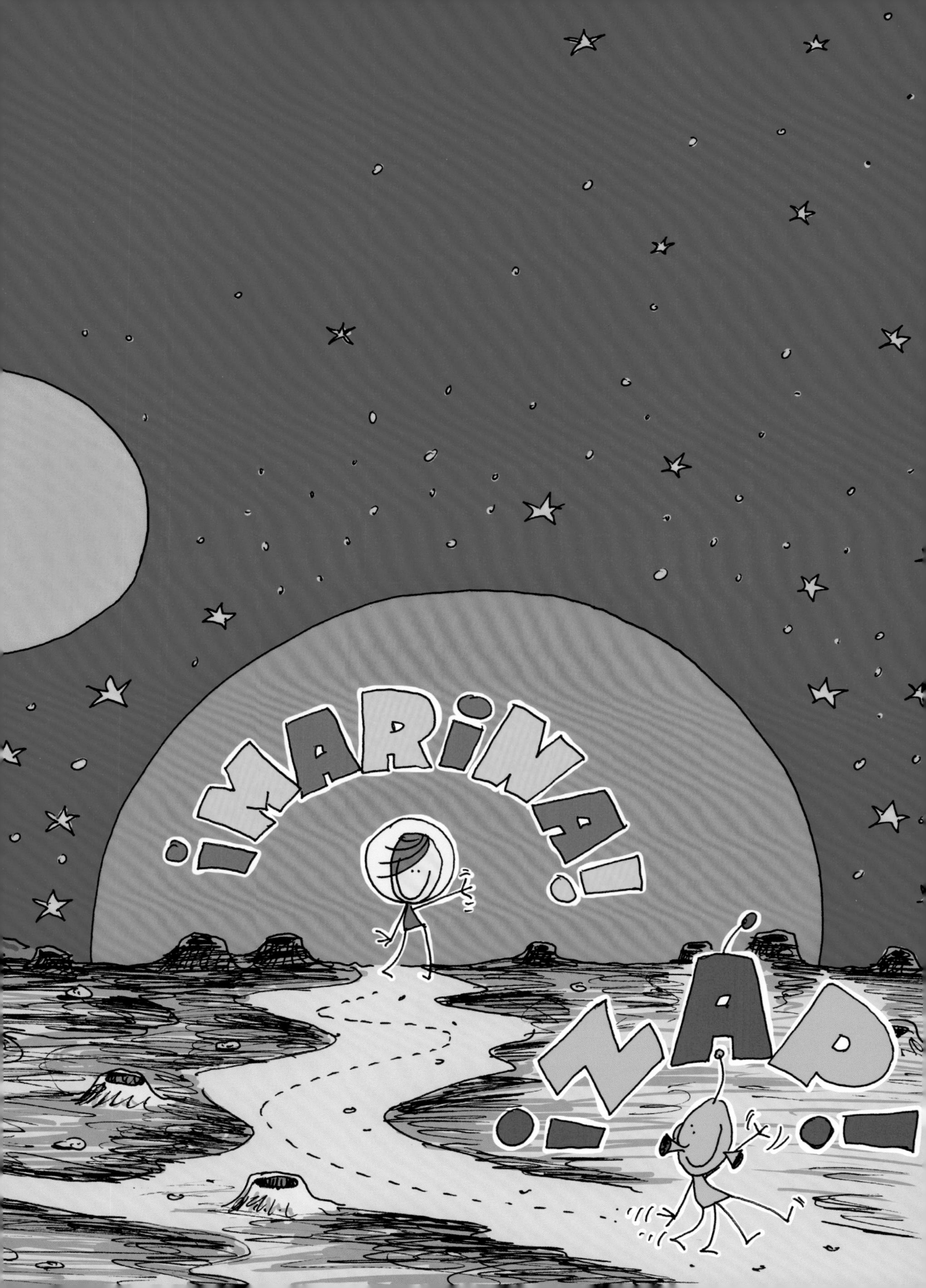
¡MARINA!
¡ZAP!

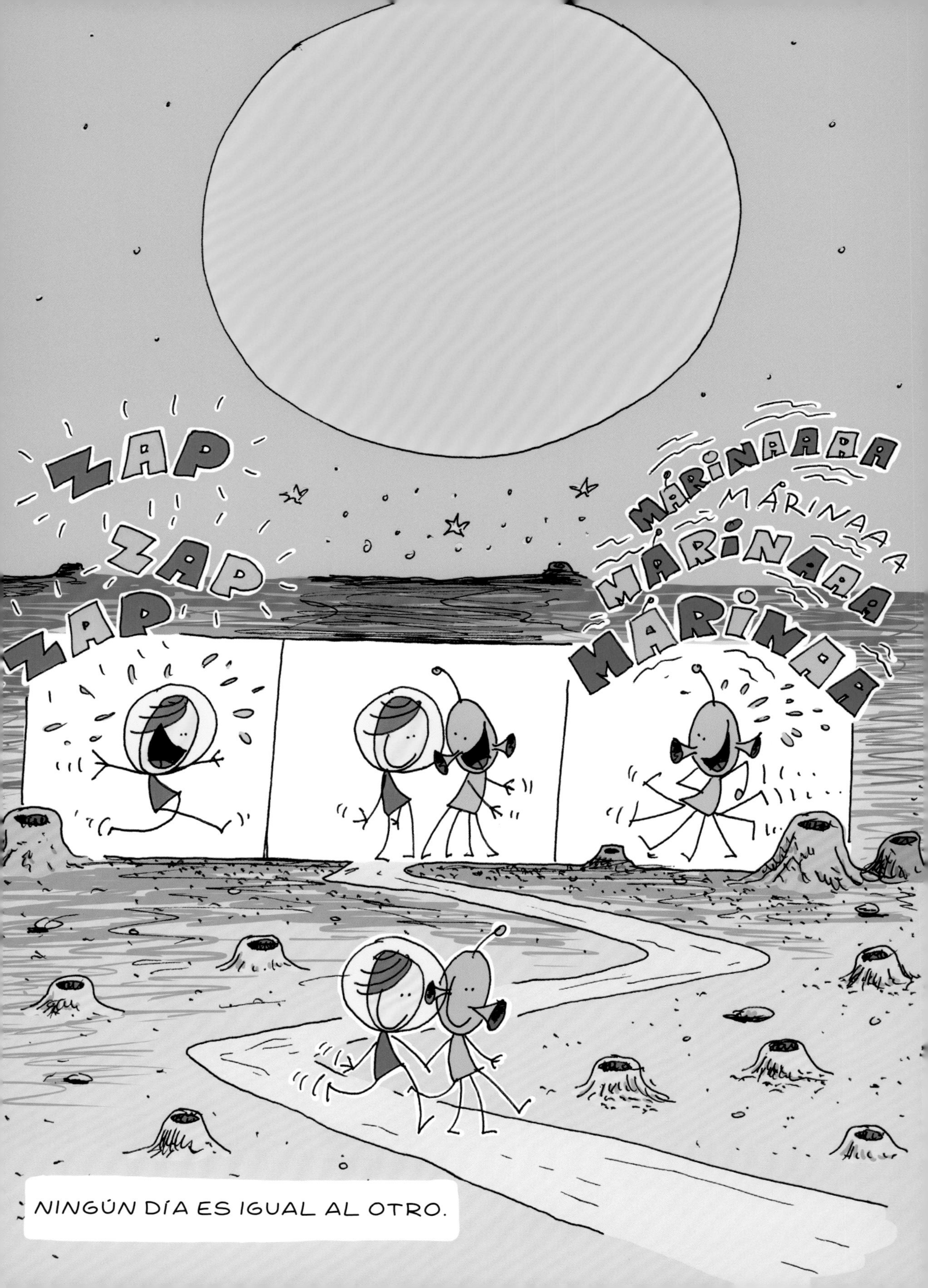
ZAP
ZAP
ZAP
MÁRINAAAA
MÁRINAAA
MÁRINAAA
MÁRINAA
NINGÚN DÍA ES IGUAL AL OTRO.

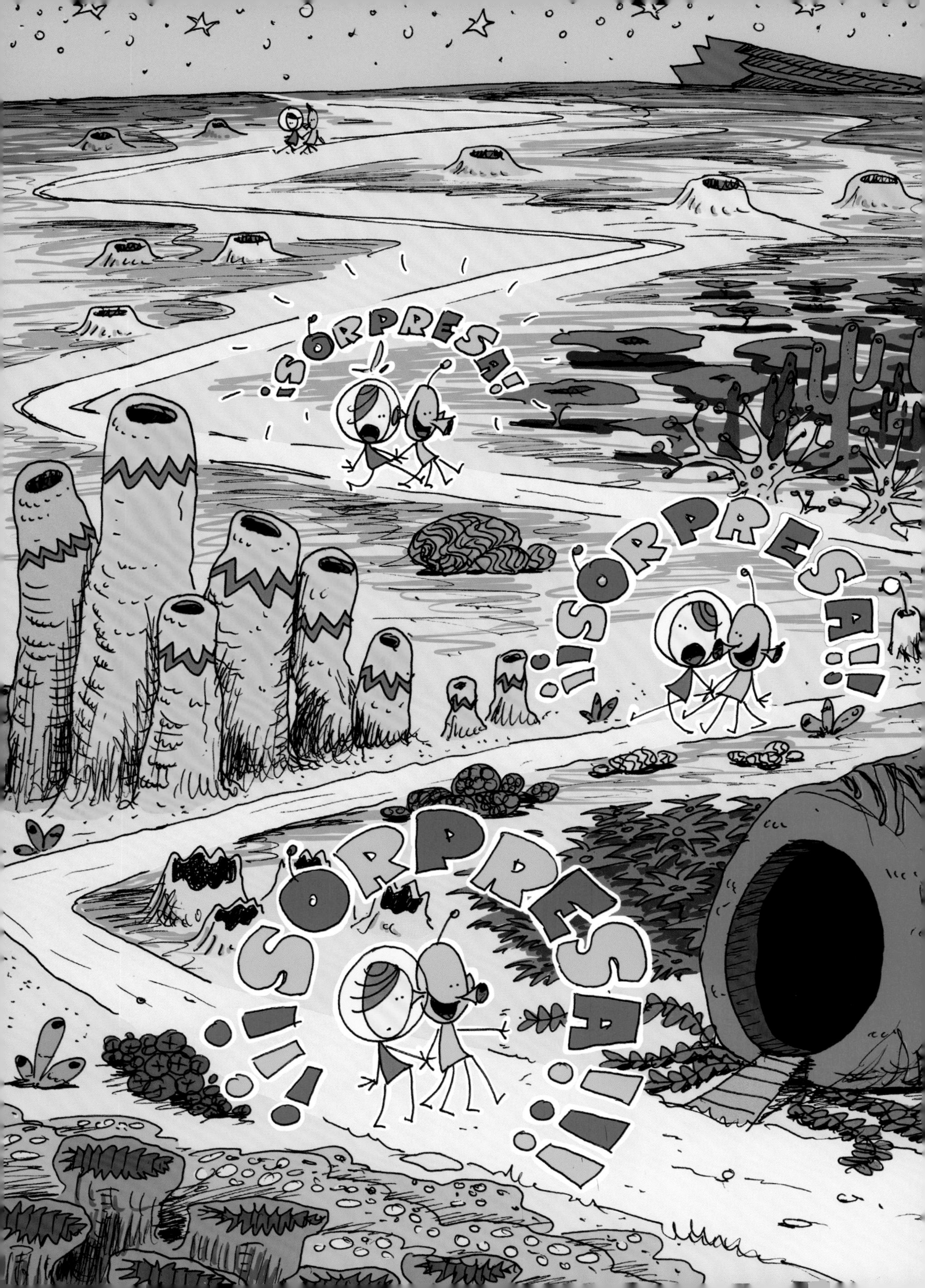
¡SORPRESA!
¡¡SORPRESA!!
¡¡¡SORPRESA!!!

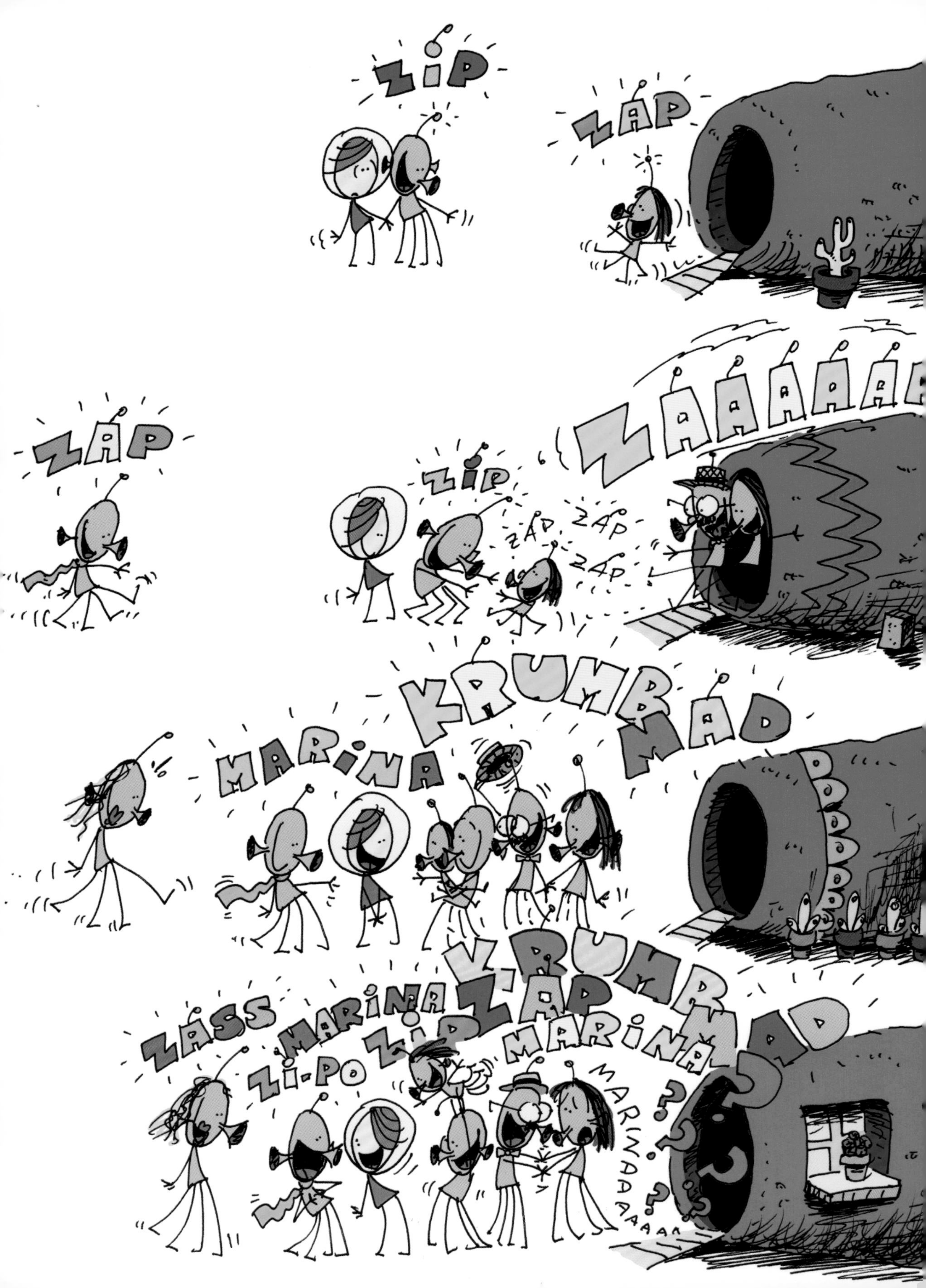

ZIP
ZAP
ZAP
ZIP
ZAP
ZAP
ZAP
KRUMB
MAD
MARINA
ZASS
MARINA
ZAP
KRUMB
MAD
ZI-PO
ZIP
MARINA
MARINAAAAA

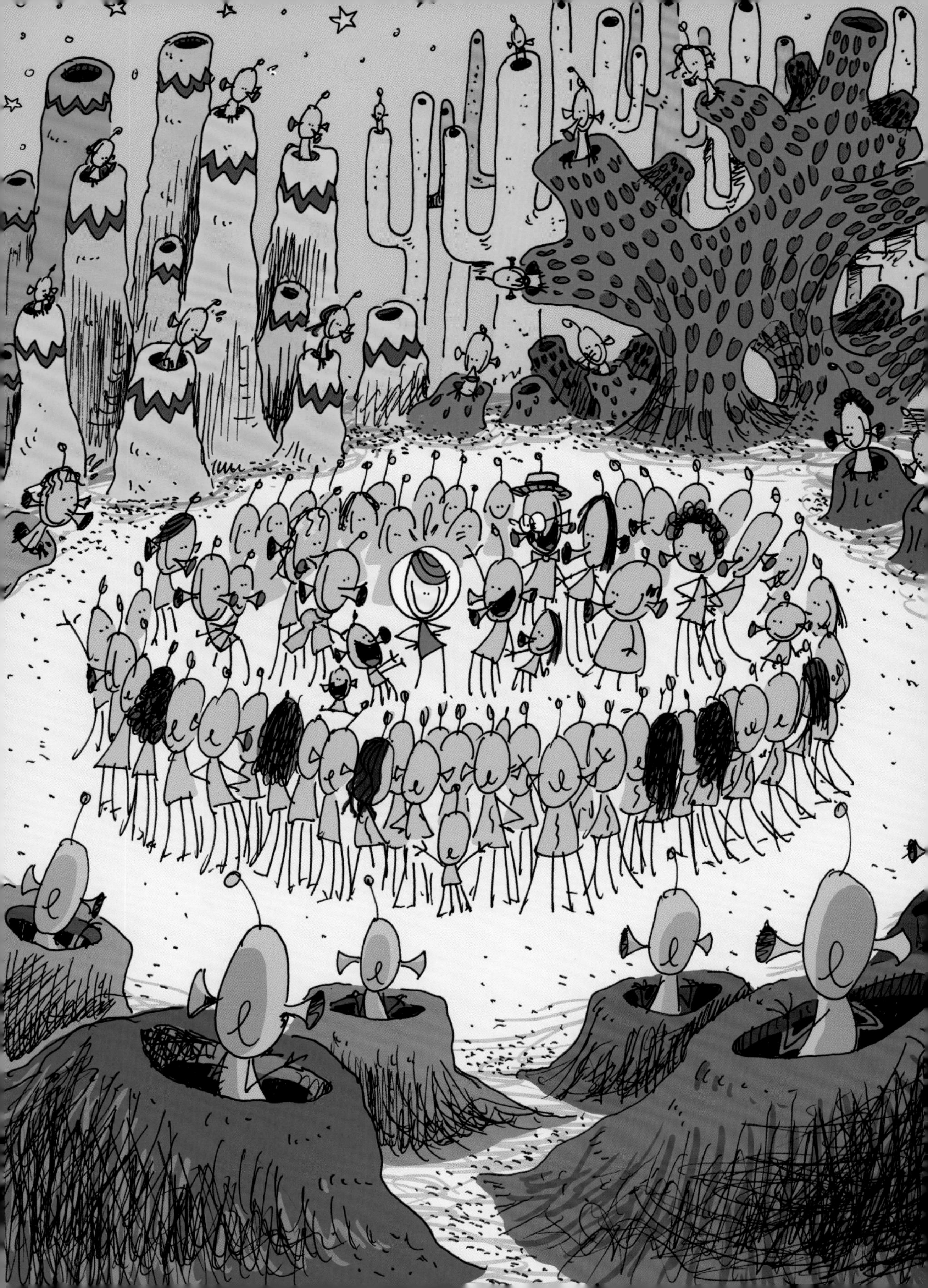

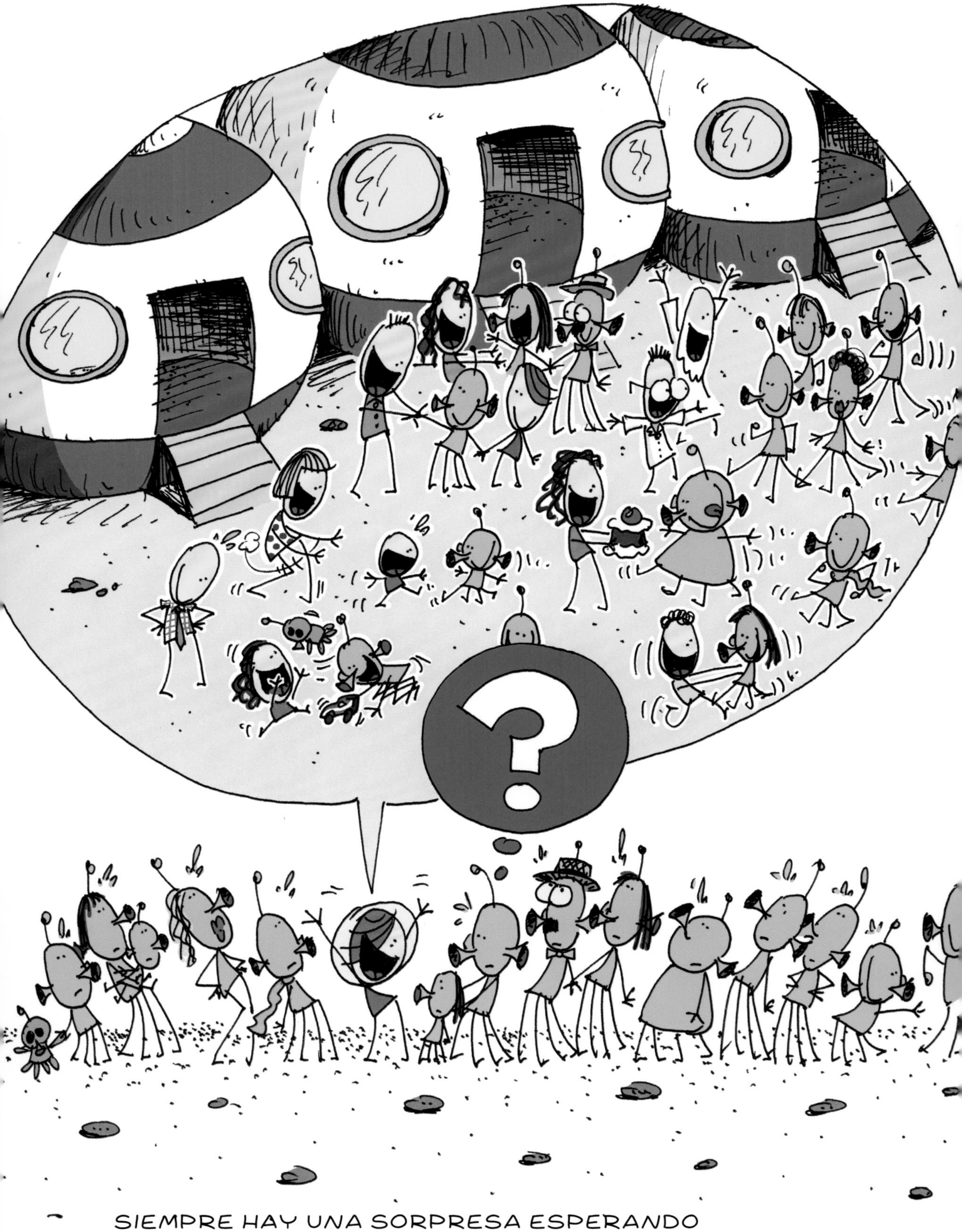

SIEMPRE HAY UNA SORPRESA ESPERANDO
A LA VUELTA DE LA ESQUINA.

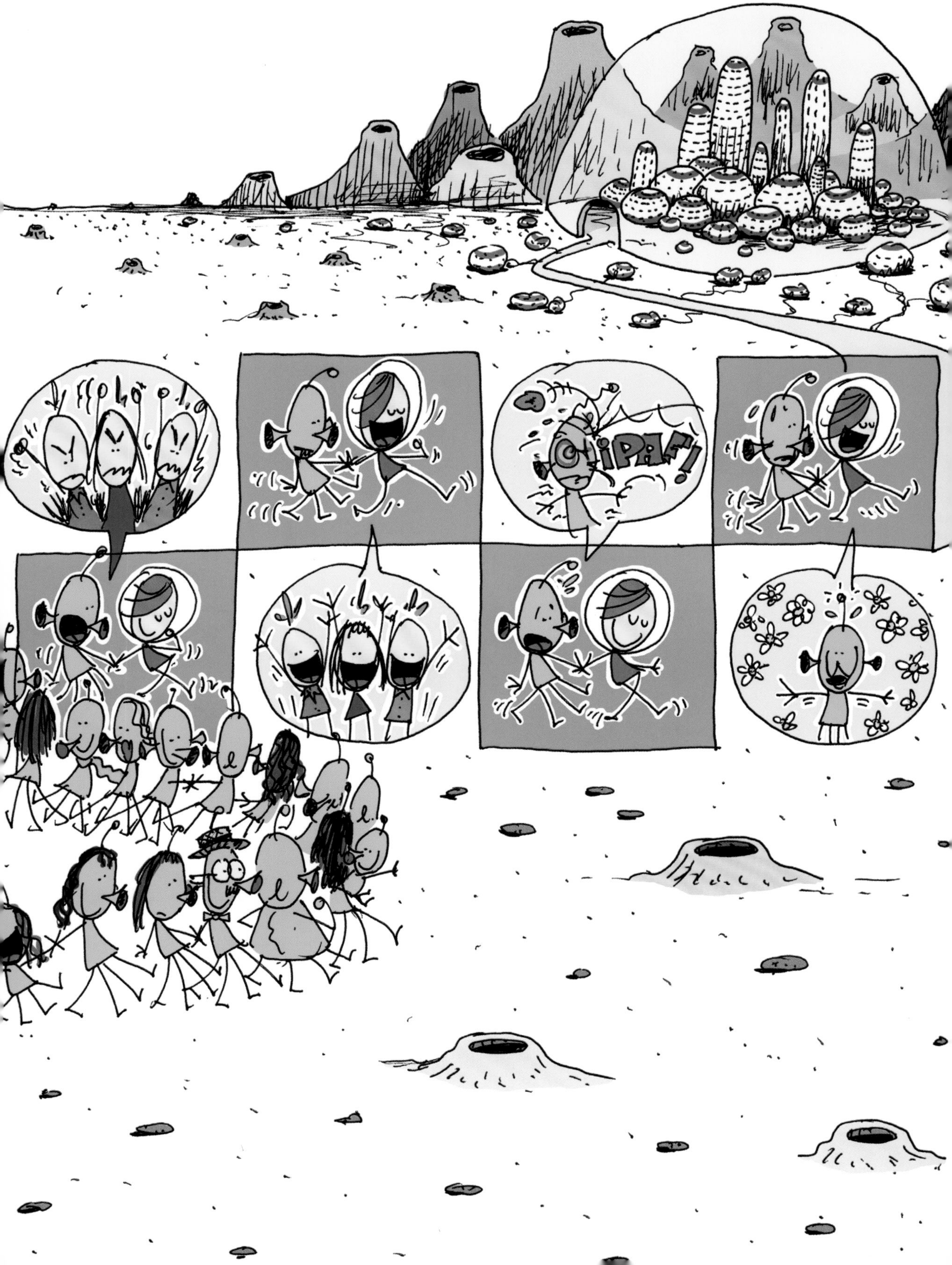
¡PAF!

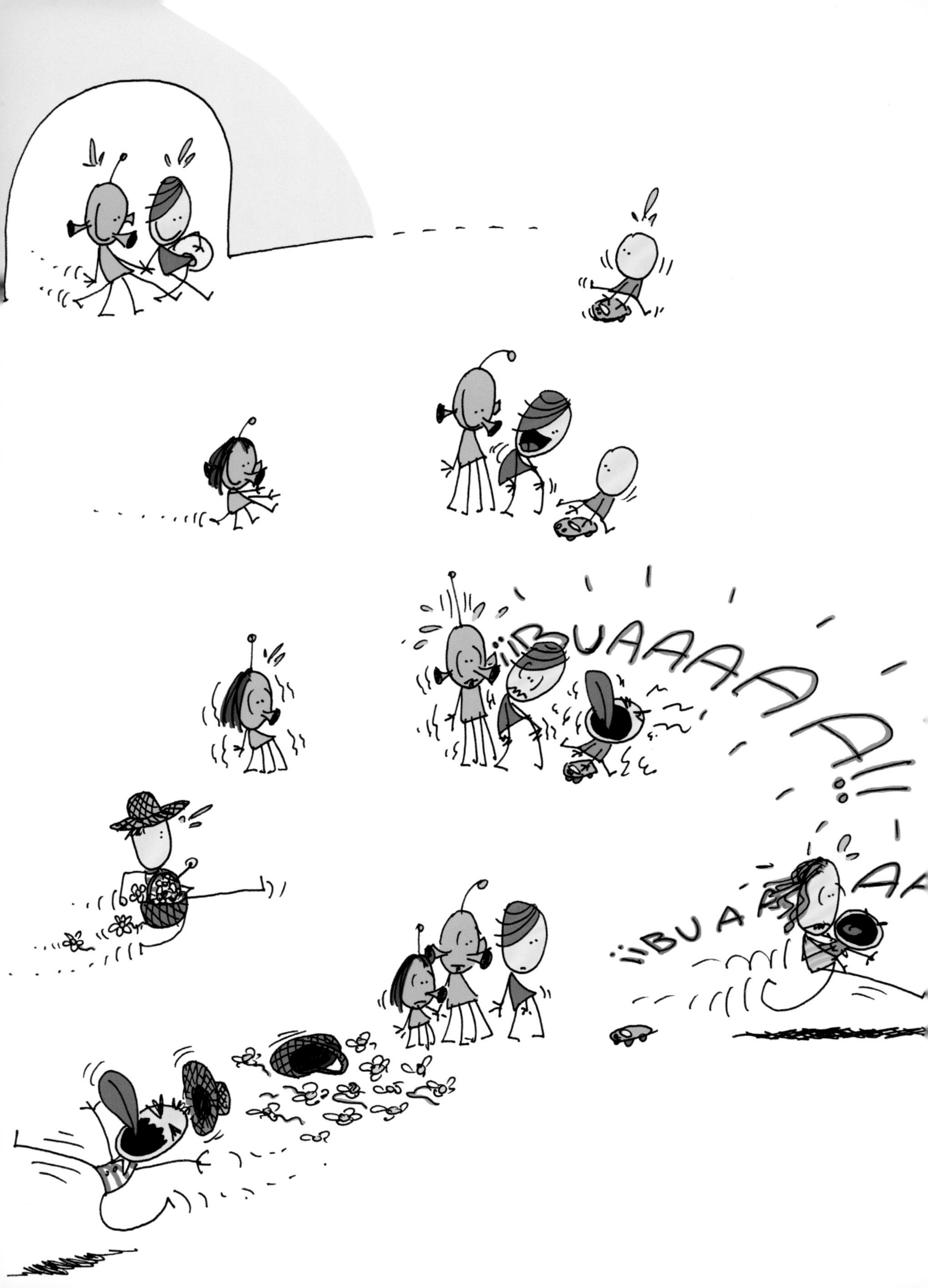
¡¡BUAAAAAA!!
¡¡BUAA

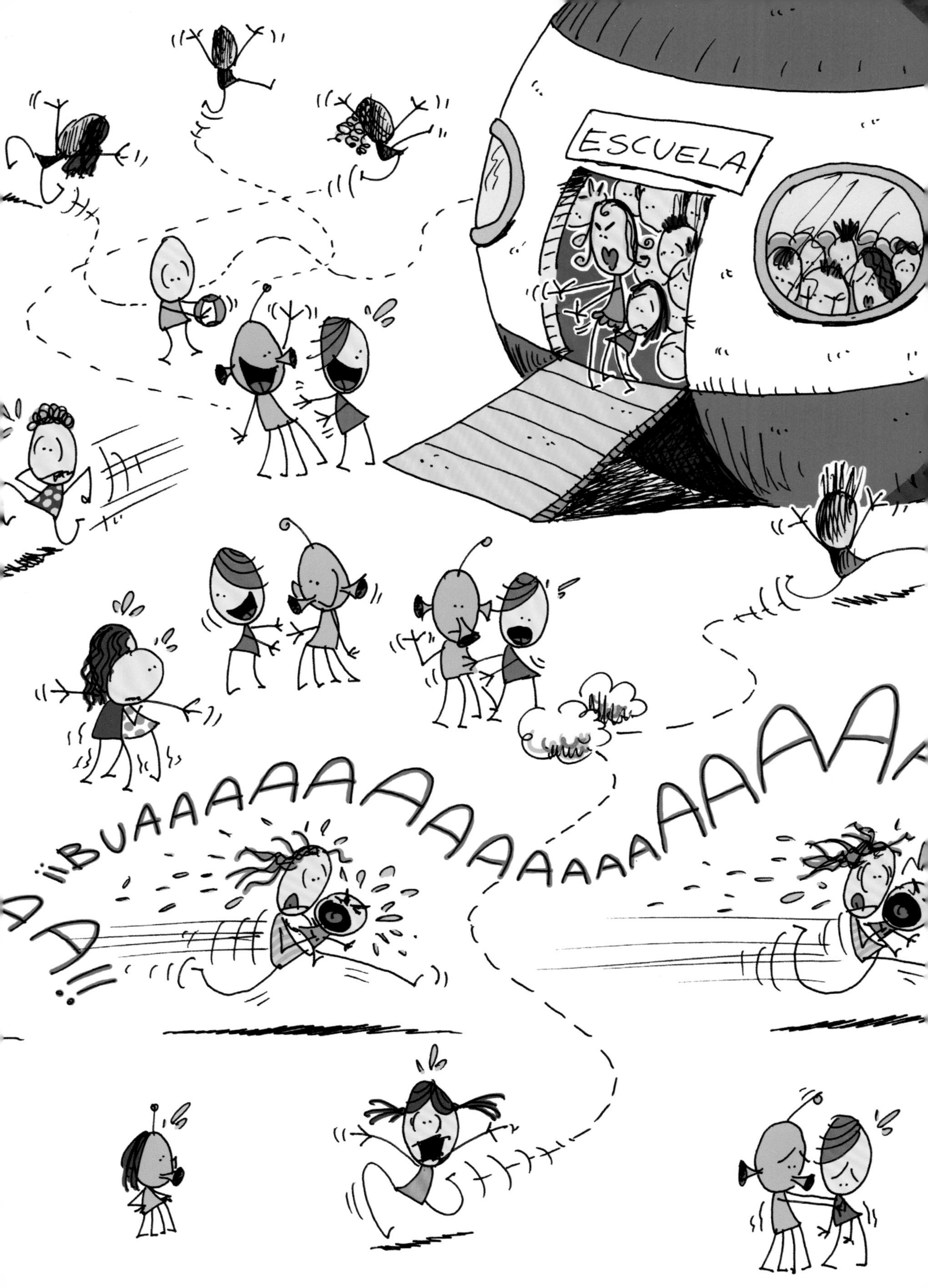
ESCUELA
¡¡BUAAAAAAAAAAAAAAAAAAAAAAAAAAAAAA!!

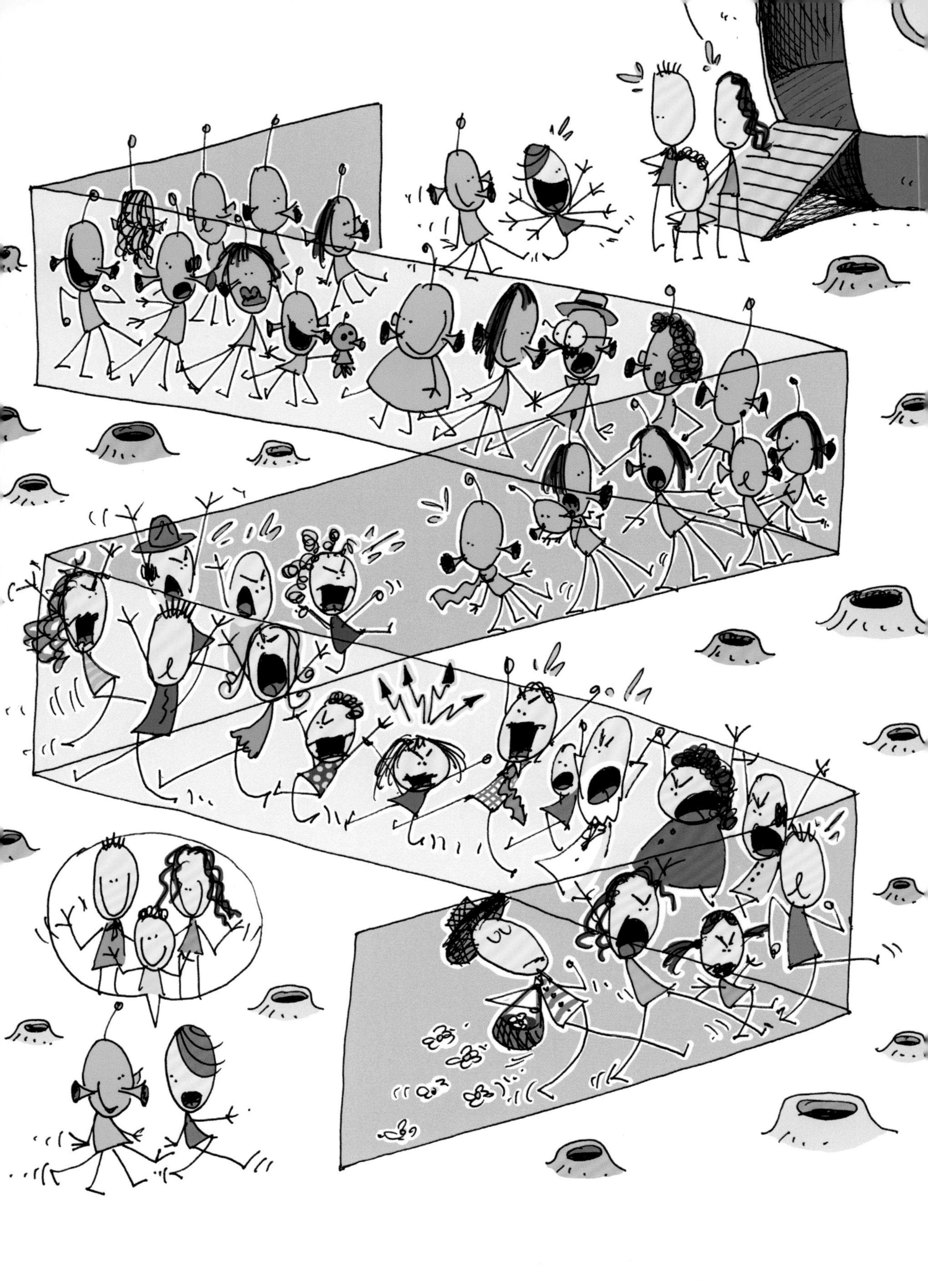

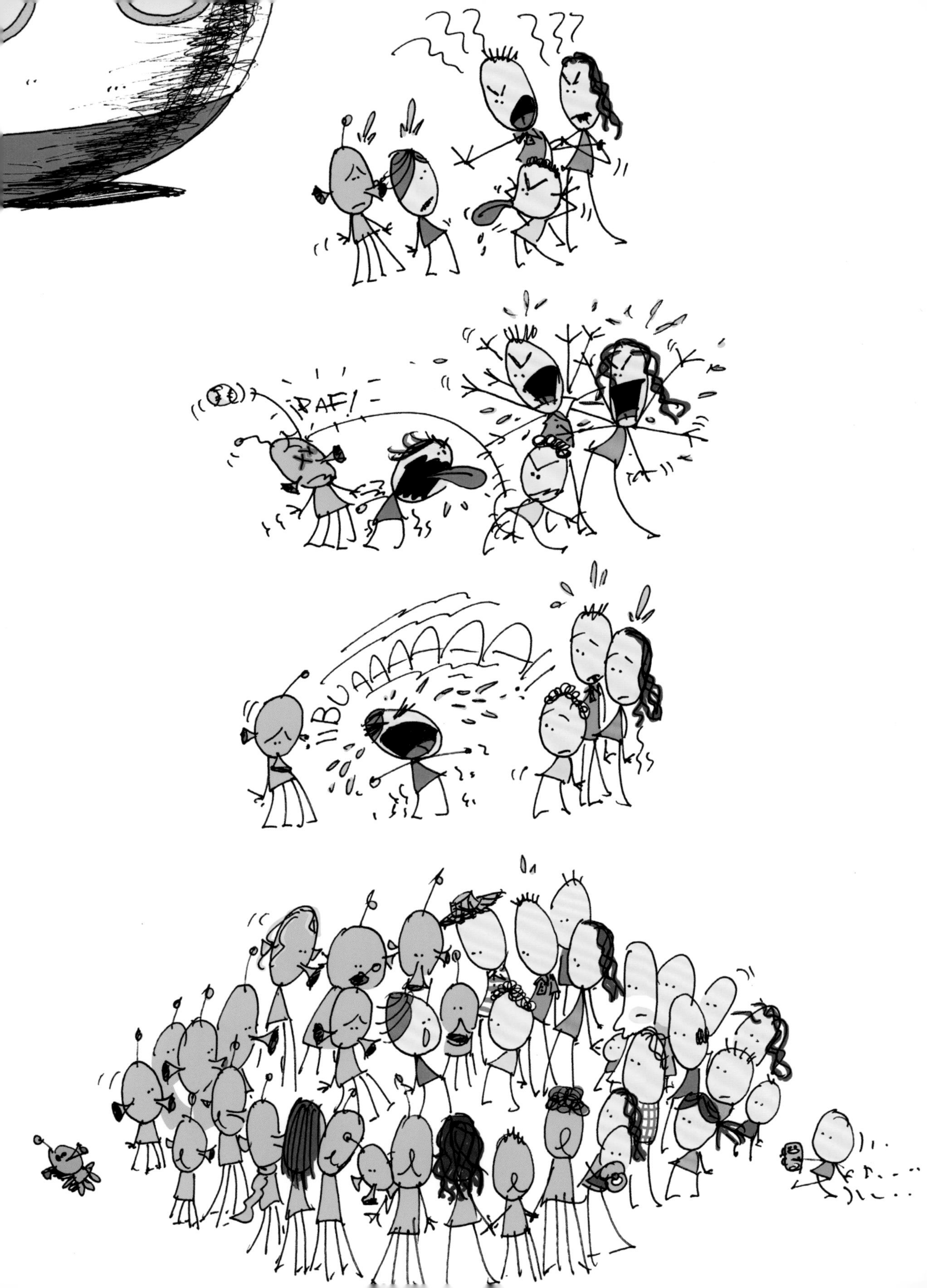
PAF!
BUAAAAAA!!

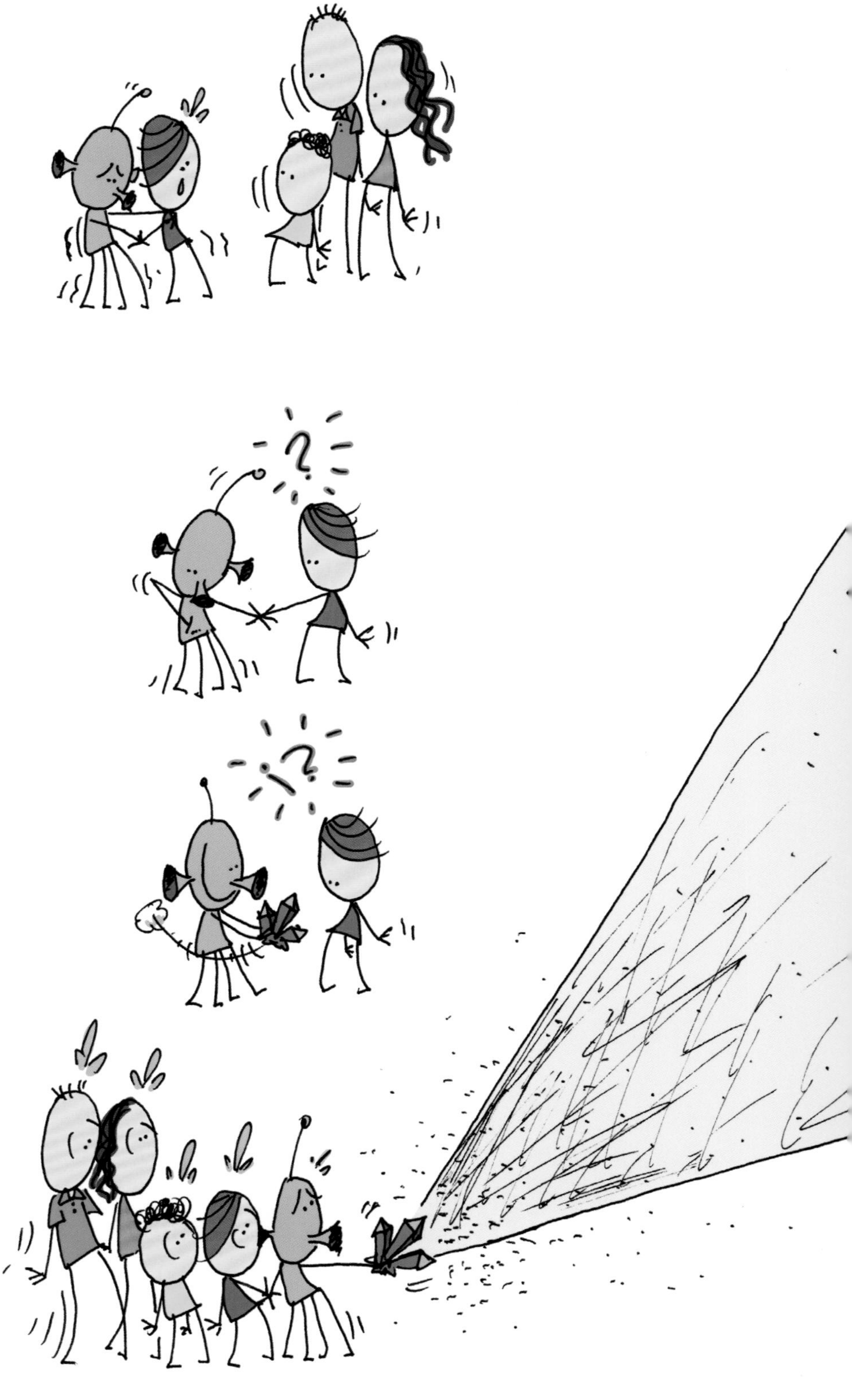
?
¿?

ES CURIOSO CÓMO LAS HISTORIAS DE CADA UNO...

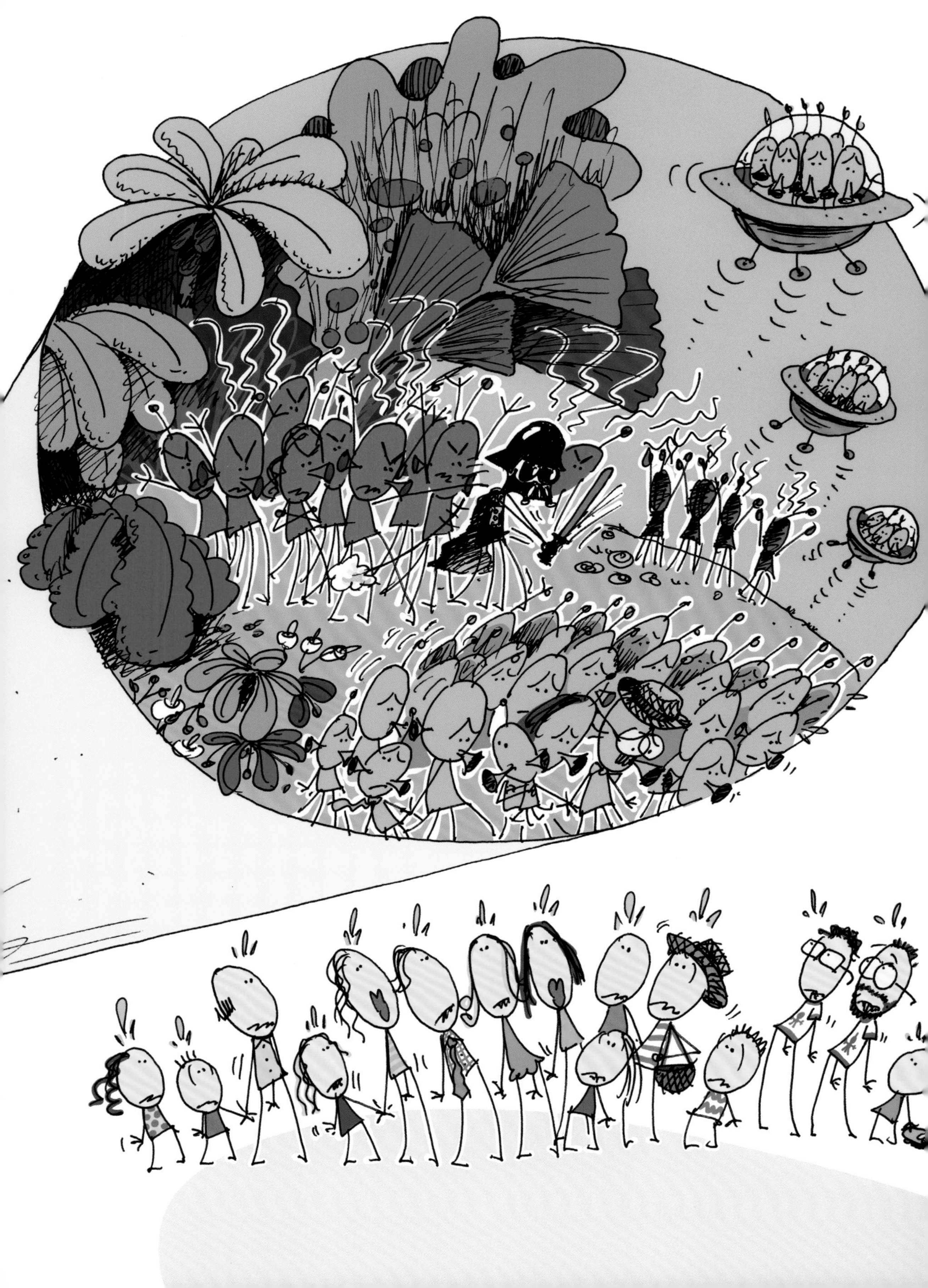

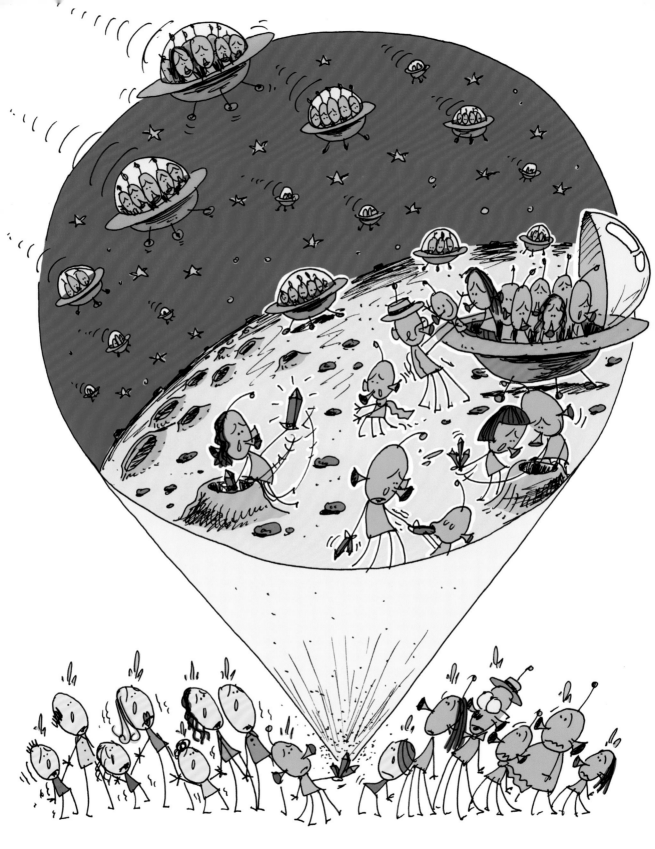

... PUEDEN LLEGAR A PARECERSE TANTO.

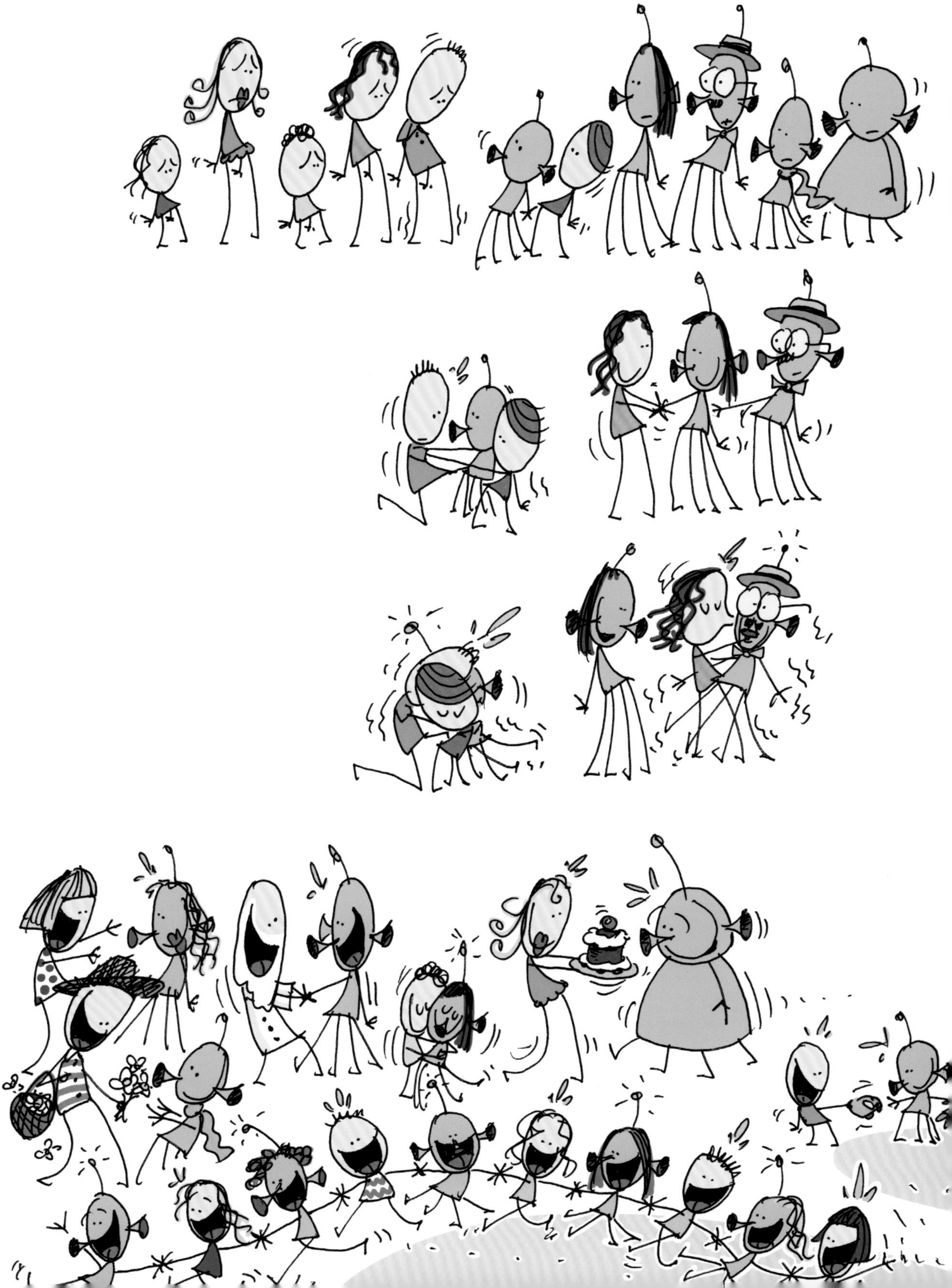

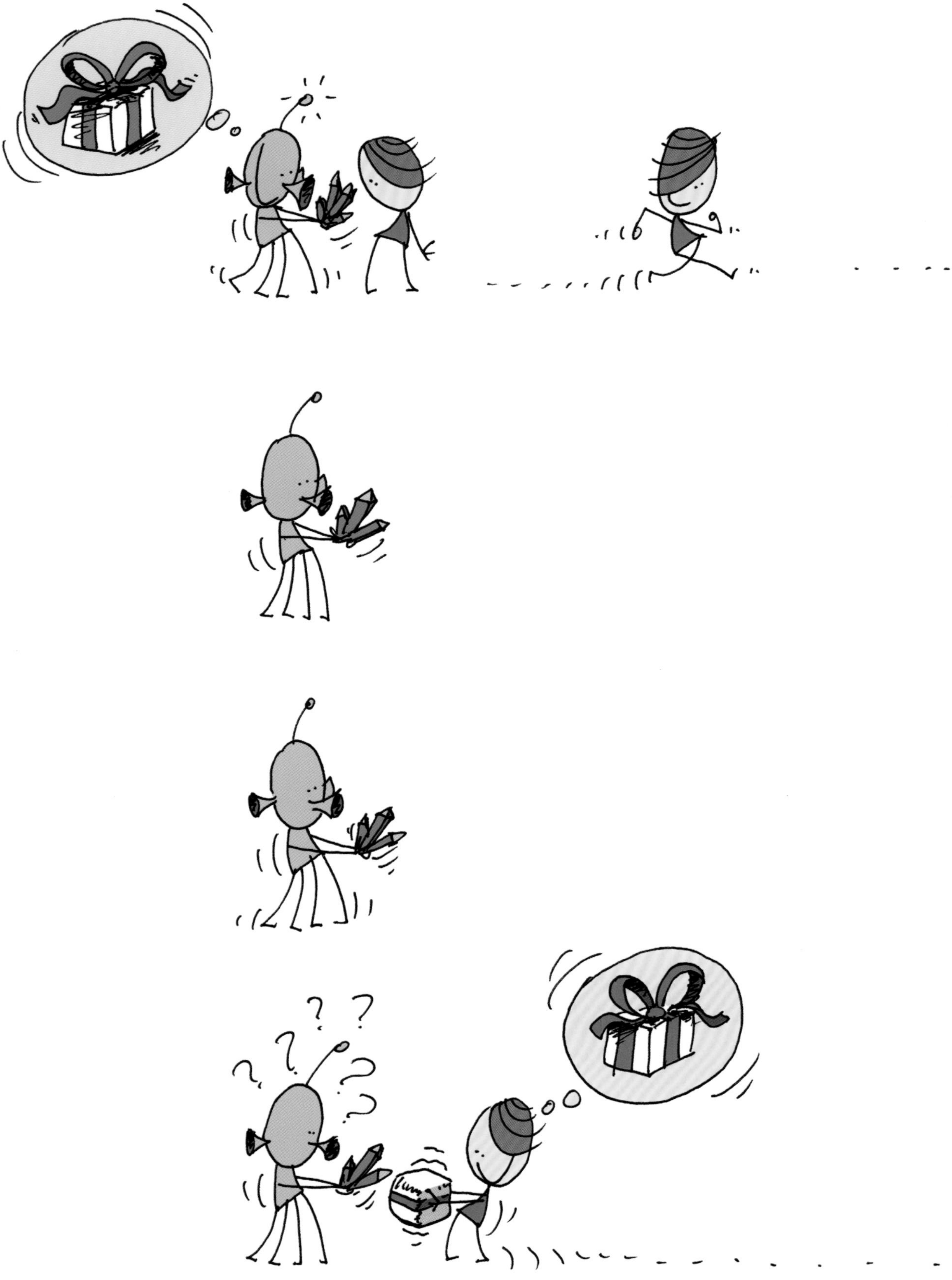

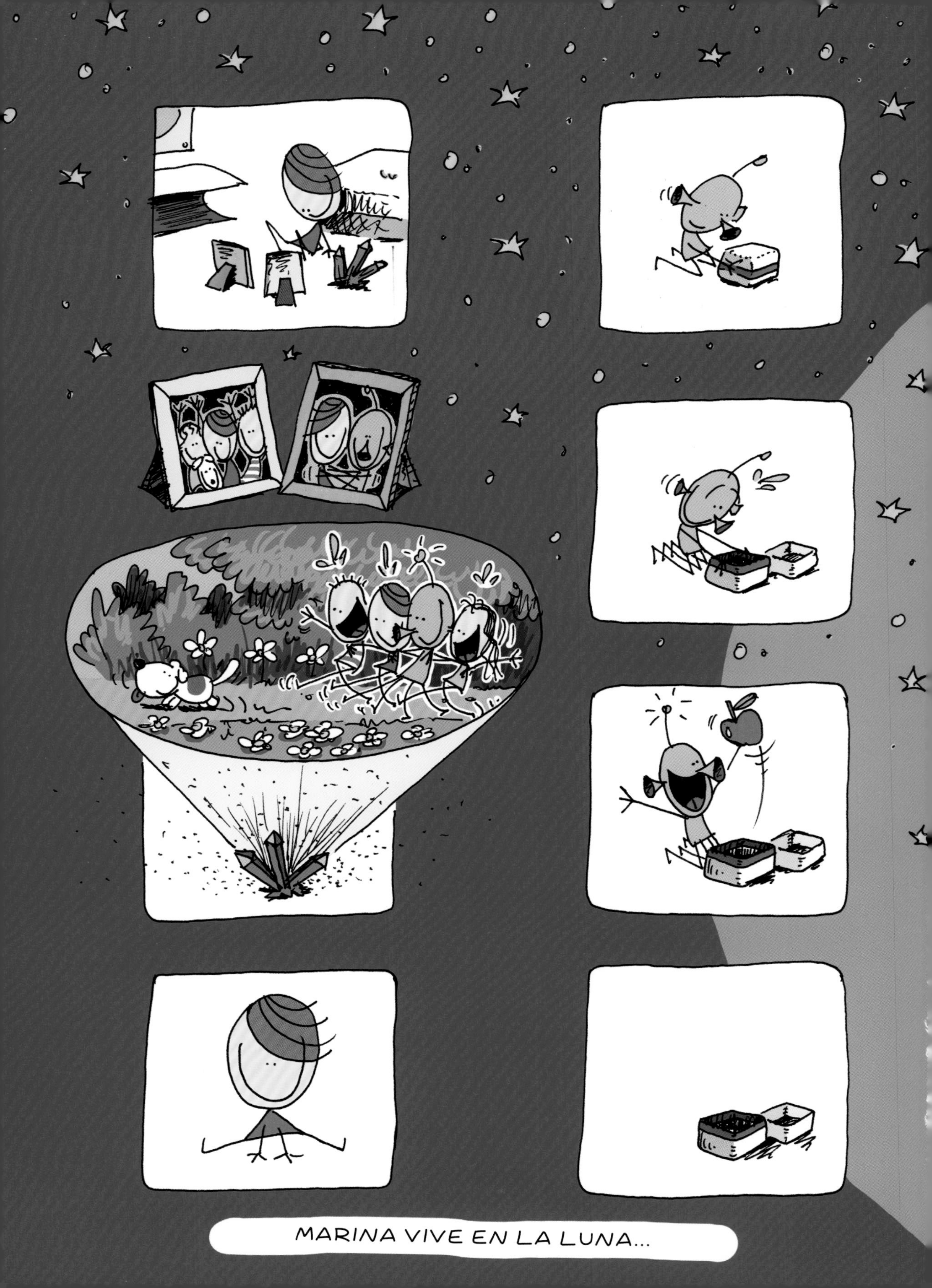
MARINA VIVE EN LA LUNA...

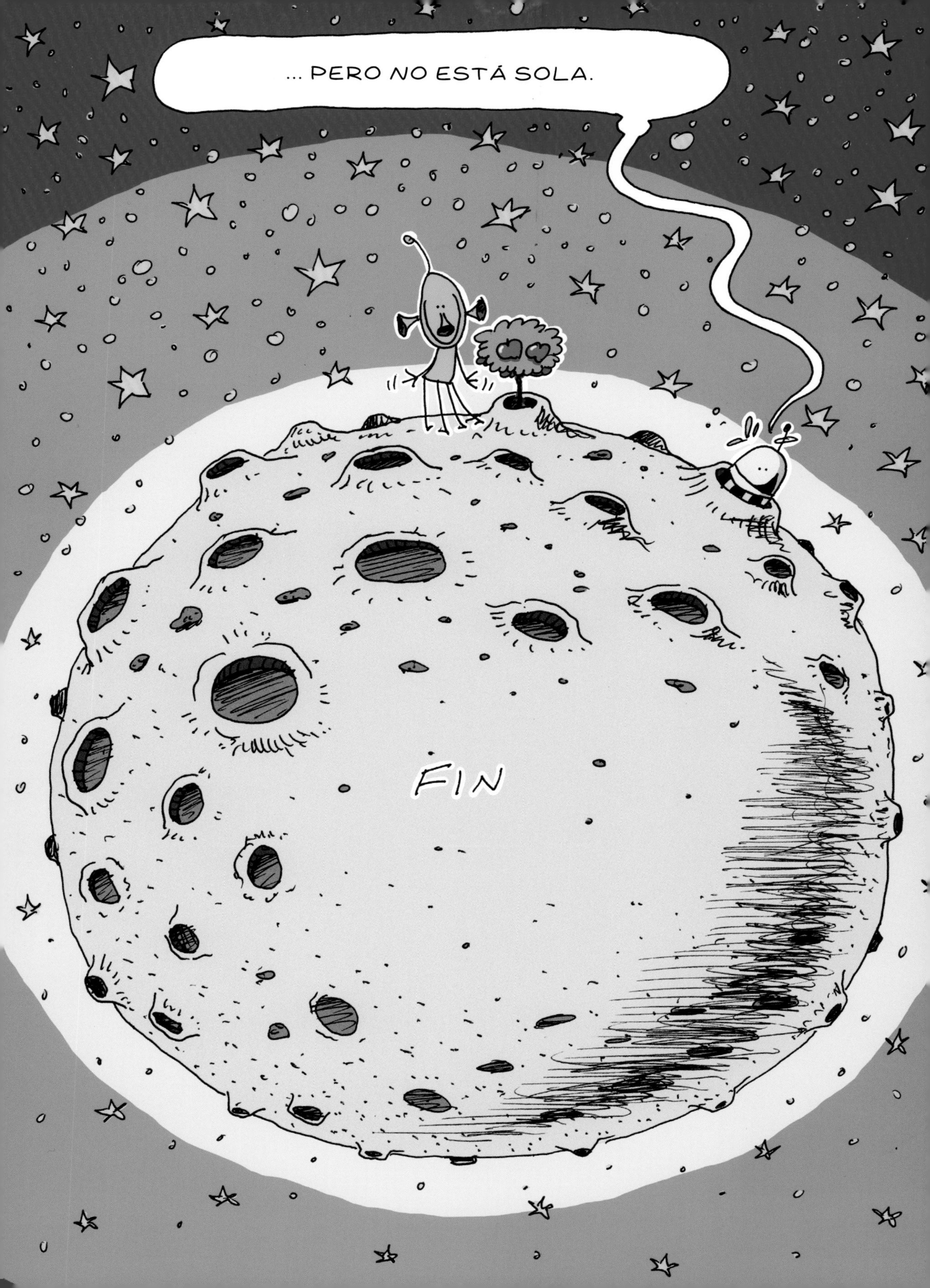
... PERO NO ESTÁ SOLA.
FIN

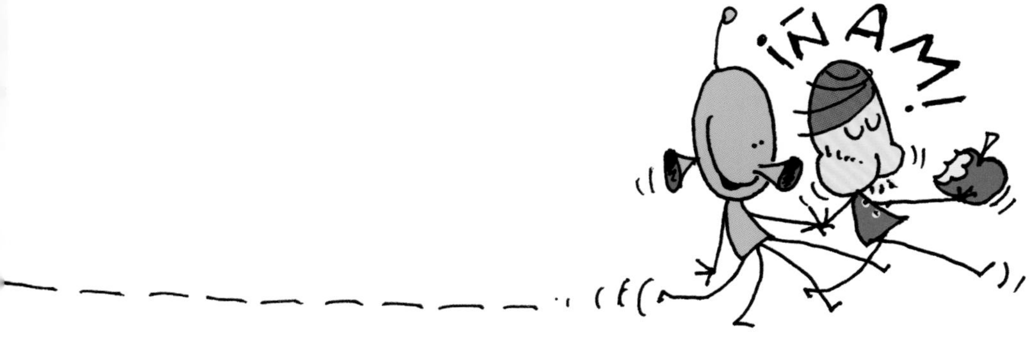
¡ÑAM!